高杉 良
Ryo Takasugi

反乱する管理職

講談社

反乱する管理職／目　次

【登場人物一覧】

〔東都生命保険相互会社〕
友部陽平　企画部副参事
宮坂雄造　秘書室課長
安東太郎　代表取締役会長
松永　亨　代表取締役社長
高木康夫　常務取締役。企画部担当。元職員組合委員長
庄司元仁　取締役秘書室長
河上則夫　元松江支社長。コンサルタント会社の顧問
中西　茂　管財人室メンバー。団体保険担当

〔友部の家族、友人〕
草野明日香　友部の恋人。大手出版社勤務
友部陽二郎　友部の父。元大手銀行の取締役
友部友子　友部の母
沢木博江　友部の叔母。東海大学医学部教授
沢木眞平　博江の夫。山梨医科大学教授
山際善夫　友部の大学の同級生。商社社員
島田優子　玉造温泉の料亭旅館「陽光園」の女将
島田光男　優子の長男。友部が家庭教師を務める
芳野幸子　宍道湖の老舗旅館「芳乃家」の女将
芳野まどか　幸子の長女。友部が家庭教師を務める

〔政治家〕
淡野景子　国土交通省大臣。元女優
竹山正登　島根県選出の国会議員。大蔵大臣、総理大臣などを歴任
青野乾治　島根県会議員

〔管財人〕
大野正史　東都生命管財人。弁護士
藤井泰世　東都生命管財人代理。弁護士
遠山晴彦　東都生命管理人代理。弁護士
川邉一郎　東都生命管理人代理。関連会社を担当。弁護士
岡本収　東都生命事業管財人。前ＡＩＣジャパン副社長

［その他の関係者］

北田　東亜銀行頭取

ジェローム・P・ケニー　DBジャパンのパートナー（最高経営責任者）

クリストファー・ホッグ　DBジャパンのSVP（シニア・ヴァイス・プレジデント）

ロバート・スタイン　プレジデンシャルジャパン代表

ケヴィン　プレジデンシャルジャパンのMD（マネージング・ディレクター）

トーマス・ウッド　AICジャパン代表

カーク・ウィルソン　AIC本社MD

エリザベス・ステッド　カークの秘書

装幀　多田和博
写真　©STUDIO SATO/orion/amana images

反乱する管理職

プロローグ

「淡野《あわの》景子《けいこ》・国土交通省大臣秘書の小川と申しますが、管財人の大野先生は在席していらっしゃいますか。もし、いらっしゃるようでしたら、大臣が電話でお話ししたいと申されてます」

「少々お待ちください」

受話器を取った女性秘書は、保留ボタンを押してから、席を離れ、大野正史《まさし》の前に立った。

「先生に国土交通省の淡野大臣から電話がかかっております。おつなぎしてよろしいでしょうか」

「国交相から……。なんでしょうか。回して下さい」

大野は小首をかしげながら、受話器を取った。

「お待たせしました。管財人の大野ですが……」

「大臣に替ります」

「もしもし、淡野です。初めまして。電話で失礼しますが、ちょっとお尋ねしたいことがありまして」

鼻にかかったしゃがれ声は、紛れもなく淡野景子のものだった。

「どういうことでしょうか」

「東都生命の更生のお仕事、大変ご苦労さまです。東都生命が更生されるかどうかは、わが国にとっても重要問題だと存じております。ところで、成城のスポーツクラブはどうなっていますか。わたくしも曾根田《そねだ》先生の紹介で、メンバーになっていたことがあるものですから、思い入れもございます。一万坪近いあれだけの素晴らしい土地が有効に利用されるのは結構なことだと思いますが、変な方に売却されないようにお願いしたいと存じまして。売却先はお決まりですか」

「いいえ。引き合いは複数あると聞いておりますが」

「その一つに、マメゾン株式会社があると思います。水島社長と懇意にしておりますが、大変ご立派な方ですし、素晴らしい低層の集合住宅を建設していらっしゃいます。ぜひ、マメゾンに売却するようにお願いしたいわ。一度直接お目にかかって、お話しさせていただいても、よろしいのですが、お立場上ご多忙のようですから、日程調整が難しいのでございましょう。くれぐれもよろしくお願いします。大変失礼いたしました」

電話は一方的に切れた。

国土交通省といえば、旧運輸省、旧建設省、旧北海道開発庁、旧国土庁の職務を包括する巨大官庁だ。

二〇〇一（平成十三）年一月の中央省庁再編で誕生した。国土交通相は安全保障会議の構成員である。

淡野景子は初代国土交通大臣として、政治史に名前を残すことになった。元有名女優で、一九七七（昭和五十二）年、参議院選挙全国区に、タレント候補として与党自民党から出馬、初当選を果たした。

いわば有名女優から大物政治家に、大変身を遂げたということができる。

淡野景子が大野への電話で、口の端に乗せた曾根田は、元総理大臣で、超大物政治家として、政界で隠然たる影響力を保持していた。

大野は、前年の二〇〇〇（平成十二）年十月に破綻した東都生命保険相互会社の管財人に東京地裁によって選任されたのだから、倒産処理ではそれなりに知られているとはいえ、法曹界では少壮弁護士に過ぎない。

淡野大臣からの電話を黙殺するほど度胸は据わってなかった。しかも、曾根田の名前までちらつかされたのだ。

大野は、管財人代理で、東都生命の関連会社処理を担当している川邉《かわべ》一郎弁護士を呼んだ。

「ミヤコスポーツセンターの処理はどうなっていますか」

「MSC案件ですね。東都生命の従業員はMSCと称しています。大きな物件ともいえます。なんせ成城の高級住宅地に、一万坪ものまとまった土地は、東都以外にありませんから、業者にとって垂涎《すいぜん》の的です。さしずめ嫁一人に婿八人っていうところでしょうか」

「マメゾンというデベロッパーも手を挙げているようですね」

「きわめて熱心にアプローチしてきています」

「いま、淡野景子・国土交通大臣から、マメゾンをよろしく頼むという電話がかかってきました」

「強力な応援団ですねぇ。低層の集合住宅を百七十戸建設して、分譲する計画だと聞いています」

「そうですか。オークション、競売方式も考えられないではないが、時間との勝負です。計画の内容に説得力があって、売却価格に問題がなければ、マメゾンでもよろしいんじゃないですか」

「承りました。そういう方向で、調整します」

「ただし、スポンサーのＡＩＣ（アメリカン・インシュアランス・コーポレーション）側の意向がどうなのか、意見調整してください」

「岡本事業管財人がどう考えるかを優先するのは当然です。岡本さん次第とも言えますが……」

「ＡＩＣ本社はどうなんでしょうか」

「関連会社の処理については無関心だと、岡本さんから聞いてます。さっそく岡本さんと話しますが、おそらくマメゾンに異存はないんじゃないでしょうか」

「国交相の顔を立ててあげられるわけですね」

「そう思います」

川邉は自信ありげに胸を叩いた。

二〇〇一年一月下旬某日、夕刻のことだ。

第一章　風評営業

1

　企画部副参事（上席課長）の友部《ともべ》陽平《ようへい》に、秘書室課長の宮坂雄造《みやさかゆうぞう》から社内電話がかかってきたのは、一九九九（平成十一）年九月一日午前十時過ぎのことだ。

　二人は十七年前の一九八二（昭和五十七）年四月、大手生保の東都生命保険相互会社に入社した。共に慶応義塾大学の出身で、友部は経済学部、宮坂は法学部である。

　福沢諭吉門下で、慶応義塾出身の門田《かどた》一之進《いちのしん》が初代社長に就任して、一九〇四（明治三十七）年四月に設立された名門の東都生命は、慶応閥で知られていた。

　慶応に非ずんばエリートに非ず的要素が強い。

　会社の経営に関与し、中長期計画を立案する企画部などは、さしずめ石を投げれば、慶応に当たるといったところだろうか。むろん、秘書室も同様だ。

友部は、米国ハーバード大学でＭＢＡ（経営学修士）の資格も取得していた。社費留学で、ＴＯＥＩＣスコア九百点以上の抜群の英語力は、社内で一目置かれる存在だった。

父親の友部陽二郎が大手都銀の国際部門に勤務していた関係で、小・中学校時代をニューヨークとロンドンで過ごした。いわゆる帰国子女だ。高校、大学では剣道部で鍛え、三段まで腕をあげた。

われながら、文武両道に秀でていると自惚れるのも、許されるだろう。

友部の身長は百七十二センチ。骨太のがっしりした体型だ。面魂《つらだましい》があるというべきか、げじげじ眉で、ぎょろ目に近い。角張った顔は二枚目とはほど遠いが、強《し》いていえば歯並びがきれいなことは取り柄のうちだろう。

「ちょっと相談したいことがあるんだけど」

「いま、打ち合せ中なんだ。三十分後でよければいいよ」

「それでは、十時四十分に役員応接の5号室で待ってる」

「分かった。じゃあ」

友部が六階の役員応接5号室をノックするなり、ドアが開いた。宮坂もスーツ姿だった。友部とは対照的に、宮坂はスリムで端正な面立ちだ。身長も友部より五センチほど高い。

「わたしもいま来たばかりなんだ」

「用向きは？　まさかプライベートなこととは思えないが」

「もちろんだ」

友部のほうが先にソファに腰をおろした。

宮坂が上体をセンターテーブルに乗り出し、声をひそめて切り出した。

「安太郎《あんたろう》が妙なことを言い出してねぇ」

安太郎とは、東都生命保険代表取締役会長の安東太郎《あんどうたろう》のことだ。

安東太郎は当年七十五歳。十年以上も代表取締役社長を勤め、三年前に会長になったが、東都生命のトップであることに変りはなかった。

「安太郎が大日生命の鈴木社長に会いたいので、アレンジしろと庄司《しょうじ》秘書室長に命じた。秘書室長から、松永社長の意見を聞かなくていいのかどうか、相談されたんだが、安太郎の目的が分からないので、友部の意見を聞きたいと思ったわけよ。なにか思い当たる節《ふし》はないか」

庄司元仁《もとひと》は取締役である。

「大日生命と提携の話でもしたいのかなぁ。だとしたら、全く無意味だな。大日生命は生保トップ。しかも断トツで、同業他社と提携するつもりなんてさらさらないのは、分かり切ってることだ。ましてや、危い生保の東都なんて冗談じゃないと思われて当然だろう。だいたい、会長が社長に面会を求めるなんて、気は確かかって訊きたいくらいだよ。鈴木社長に面会を求めるとしたら、松永社長であるべきだろう。それだって門前払いの可能性を否定できないぞ。僕が宮坂の立場だったら、断られたと言って、握り潰すのが無難だと庄司室長に進言するな」

宮坂が「フーッ」と大きな嘆息を洩らした。

「友部が秘書室の安太郎付課長だったら、そう言うかもな。あとで嘘がバレても、友部ならクビになる心配はないし……」

「宮坂だって同じだろう。しかし、立場、立場のあることをカウントして、百パーセント安太郎の立場に立てば、生保業界では鈴木社長より大先輩だ。東都は名門の生保で腐っても鯛《たい》だというプライドもあるだろう。安太郎と鈴木の共通点は、超ワンマンだっていうことでもあるしねぇ」

大日生命では藤原正司《しょうじ》会長も代表権を持っている。だが、叙勲にありつきたい一心で、藤原が経団連副会長など財界活動に専念している間に、鈴木は恐怖政治を敷くまでに強力な基盤を社内で形成していた。

宮坂の顔が歪んだ。

「〝竹山生保〟と莫迦にされるほど、安太郎は竹山正登《まさと》に入れ揚げた。俺が竹山を総理にしてやったんだといわんばかりのことを、ひと頃あっちこっちで吹聴してたよね。曾根田政権から竹山政権への移行期に、数十億円の資金が動いたらしいが、その一部は安太郎が捻出したんだろうな。二人の持ちつ持たれつの関係が東都に利した面が皆無だったとまでは言わないけど」

「安太郎の側近中の側近がそういうことを言うところに、東都の傷み方のひどさが出てるな」

友部が不貞腐《ふてくさ》れたように、脚を投げ出して、つづけた。

「ダメモトで、宮坂が鈴木社長付の秘書課長に会うしかないんじゃないか。竹山元首相が元気なうちに、東都をなんとか建て直したいって、安太郎は考えてるに違いない。竹山から借りを返してもらいたいところなんだろうが、ヤクザに睾丸《きんたま》握られてるような竹山には、もうパワーは残されてないだろう。いずれにしても、安太郎命令に背くわけにもいかんよなぁ。ただ、大日の秘書室は必ず用向きを訊いてくるぞ。せめて安太郎から、事前に面会の目的を聞き出すぐらいの努力はしたらどうかな」

宮坂の表情がいっそう翳《かげ》った。

「秘書室長に相談を持ちかけられた直後に、その点は安太郎に念を押したんだけど、用件は会ってから話すとしか言わんのだ」

「腐っても鯛にもほどがあるな。まったく手が付けられん本物の莫迦かもな。老化が始まっているんじゃないのか。莫迦に付けるクスリはない口だろう」

宮坂は間髪を容れずに、頭に手を遣りながら反論した。

「それは、友部の言い過ぎだ。ここは、しっかりしたものだ。話に繰り返しがないのは、その証左だと思うけど」

「ふうーん」

友部は、企画部担当の高木《たかぎ》康夫《やすお》常務取締役から、安東がボケてないことは聞いていたし、高木と二人で、ごく最近も安東にレクチュアしていたので、自身の言い過ぎは百も承知だった。

東都を危い生保にした張本人の安太郎を許せるほど甘くないだけのことだ。

友部がぼやいた。

「一九九七年だったか、ホテル・ニュートウキョウの焼け跡地に七百五十億円の抵当権を設定したことが、新聞や雑誌に書かれた。東都生命の転落の引き金を引いた事件だったなぁ」

赤坂にあったホテル・ニュートウキョウは、一時期、帝国ホテルと並び称されるほどの一流ホテルとして聞こえていた。

一九七九（昭和五十四）年に、東邦製糖が経営していたホテル・ニュートウキョウの株式七割強を買収し、経営権を取得した横川英雄《よこかわひでお》は、防災設備、防災訓練などを放置したため、一九八二

（昭和五十七）年に火災事故で三十三人が死亡する大惨事を引き起こした。

業務上過失致死傷の容疑で逮捕、起訴された横川は、東京地裁、東京高裁とも懲役三年の実刑判決が下された。

横川の株買い占めはホテル・ニュートウキョウにとどまらないが、安東太郎率いる東都生命は、横川グループに巨額の資金を貸し込んでいたのである。

安東と横川などいかがわしい人たちとの親密な付き合いが暴露され、東都生命の放漫経営、乱脈融資の実態が白日の下に晒《さら》されて久しかった。

友部の嘆《なげ》き節《ぶし》がつづいた。

「大日にとって、東都を救済合併する意味があると思うか。しかも、鈴木社長はリーディングカンパニーとしての役割りを放棄し、生保業界のあるべき論なんて、これっぽっちも考えてない。逆に東都が危いとセールス・レディに吹聴させて、契約者を大日に鞍替えさせたり、東都の優績《ゆうせき》セールス・レディを大日に引き抜いたりすることに血道をあげているっていうじゃないか。そんな人に会って、得することはなにひとつないと思う。繰り返すが、鈴木社長に会いたがってる安太郎の真意、狙いが分からん限り、握り潰したらいいんじゃないか」

「大日の風評営業にクレームを付けたいっていうことだろうか」

「危い生保は事実なんだから、言いがかりだと反論されたらそれまでだろう。しかし、握り潰すのは難しいか。前言を取り消そう。とにかくアポを取れるかどうかやってみるしかないな」

友部は時計を見ながら、ソファから腰をあげた。午前十一時から別の打ち合せがある。

2

この夜、友部は、大先輩の河上規夫《かわかみのりお》と渋谷の小料理屋で会った。

河上は、友部が入社二年目に松江支社の指導主任になったときの支社長だった。二年間仕えたが、河上ほど部下想いの男を友部は知らない。

河上は二年前の一九九七年に東都生命を定年退職し、いまはコンサルタント会社の顧問をしていた。河上が役員になれず、理事職の本社部長で辞めたのは、非慶応系だったことと、安太郎批判の急先鋒と見られていたためと考えられる。

小料理屋の小部屋で、ビールを飲みながら、友部が嘆いた。

「きょう同期の秘書課長と話してたとき安太郎をくそみそに言いましたが、内心忸怩《じくじ》たる思いを禁じ得ませんでした。松江支社時代に、時の竹山蔵相と青野県会議員を安太郎に結びつけるために、一役買ったことを思い出したからです。安太郎と竹山元総理との出会いがなければ、東都は安泰だったかもしれないなと考えて考えられないことはなかったと思うのです」

「だったら、わたしも同罪だな。友部のレポートを本社に上げたのは、このわたしだ。しかし、われわれが動こうと動くまいと、竹山元総理に安太郎は接触してたと思う。それは東都にとって命題だったからだ。友部より、わたしのほうがもっと罪が重いと思うよ。〝安東太郎を社長にする会〟を中間幹部クラスでインフォーマルに作ったことがあるんだ。わたしもその一員だった。パワーのある安太郎なら、長期低迷の東都にダイナミズムをもたらしてくれるという期待感が大きかったからねぇ」

「事実、安東社長は東都を変えましたよね。トップセールスで住宅公団の仕事を丸ごと取ってきたり、鉄鋼連盟の組合費を百パーセント東都で預かったり、セントラル自動車系の会社の団体生命をごっそり取ってきたり、われわれ下っ端でも、拍手喝采しました」

「安太郎が社長になって、三、四年は輝いてたと思う。そのうち超ワンマンになってしまい、役員たちを無能呼ばわりするようになった。いまや裸の王様そのものだ。わたしは、意見がましいことを言って、煙たがられ、どけられた口だが、安太郎をトップの坐から引《ひ》き摺《ず》り降ろすための組織を作ることまで考えたほど、思い詰めたことがある。安太郎を裸の王様にしたのも、超ワンマンにしたのも専務、常務たち上層部のゴマ擂《す》りたちだと思う。常務から子会社に飛ばされた人で、ひとりだけ頑張った人がいたが……」

河上がしかめっ面で不味《まず》そうにビールを飲んだ。

「有力週刊誌にリークしたとされてる人ですね」

「リークではない。たまたま取材に応じてしまっただけのことだと思う」

「あの記事は、わたしも読みました。正鵠《せいこく》を得《え》たというか、東都に対する的確な警告だとわたしは思いましたが」

その有力週刊誌の記事には、某幹部のコメントが載っていた。

「東都の伝統は運用にしても融資にしても、石橋を叩いても渡らないほどガッチリしたもので、融資の際の担保物件の吟味もそれは厳しいものでした。それが昭和六十年頃から、安東社長がそれまでの財務に精通した堅実経営型の役員を疎《うと》んじるようになった。それらの役員は次々に退任させられ、替ってバブル企業への融資等で業績を上げた幹部社員が重用されるようになったんです。安東社長はつけ届けを欠かさない部下やバブル派の部下で周りを固め、次第に〝生保マン〟としての常識や嗅覚を失っていった気がします」

「金融機関なら有り得ないはずの〝無担保融資〟が東都の場合、堂々と罷《まか》り通っていたし、これが問題になりそうになると、新たに絵画を担保にとるようになったんです。というのも、延滞債権のうえに無担保融資であることを大蔵省から指摘されるのを東都が恐れたからなんです。たとえ絵画であっても担保をとったと大蔵省に報告すれば、ある意味では債権の保全を図ったことになる。もちろん絵画を担保にとったからといっても、利払いや元金の返済が実行されるわけではないが、そうすることによって一挙に延滞債権が表面化することだけは避けられるというわけです。と同時に、融資期間を延ばし、その間に少しずつ損切りして償却していくこともできる。とにかく、まともな金融機関なら値段があってないような絵画を担保にするなんてとても考えられませんから、いかに東都の融資状況が惨憺たる有様だったかということが分かると思います」

友部が二つのグラスにビールを満たした。

「あの記事が書かれたのは、確か一九九二年九月頃だったと思いますが、犯人探しに血眼《ちまなこ》になってるようなことをしないで、冷静に東都の現況を分析していれば、引き返せた可能性もあったと思うんです」

「安太郎がトップの座から降りてれば、あるいは可能だったかもしれないが、ないものねだりに等しいんじゃないかな。同じ九二年の六月だったと思うが、経済誌に〝生命保険会社が危い〟〝赤信号の東都生命〟と書かれたことも痛かった」

「〝東都の不良債権問題はアングラに食いつかれ、骨までしゃぶられかねないという意味で、生保版イトセン事件に発展する可能性を秘めてる〟とか書かれましたね」

「安太郎の怒《いか》り方は尋常《じんじょう》ならざるものがあった。〝イトセン〟と一緒にされてたまるかって、喚《わめ》いてたのが、目に浮かぶよ」

ビールから冷酒になった。

「噂では松永社長は、外資との提携を模索してるようだが」

「おっしゃるとおりです。安太郎は外資との提携には反対してます。松永社長は、いまや安太郎を無視してますが、もっと早くリーダーシップを発揮すべきだったと悔やまれます」

「もっと早く、安太郎を追放することを考えるべきだったな」

「相互会社の生保では、難しいんじゃないでしょうか。信用機構でもありますし」

「先輩として、あるいは東都で禄《ろく》を食《は》んだ者として言わせてもらうが、名門の東都の破綻だけは回避してもらいたい。東亜銀行が支援してくれることを期待してるんだが」

「そうあって欲しいと願ってますが……」

だいたい外資との提携は矛盾している。友部はバツが悪そうに話を逸らした。

「それにしても、風評って恐ろしいですね。解約が増えて、かなりの資金が流出してます。銀行で言えば、取りつけに近い状態ですよ」

このときすでに、友部は東都生命の破綻を予感していたともいえる。

3

翌日、昼前に友部に宮坂から社内電話がかかってきた。

「昨日はどうも。十日金曜日の午後二時に鈴木社長のアポが取れたよ。わたしがお伴することになった」

宮坂の声がうわずっていた。

「大日生命の本社に出向いたのか」

「それが電話で済んでしまった。安東が鈴木社長にお目にかかりたいと申してます、日時はおまかせしますって秘書課長に電話したら、折り返し電話で日時を指定してきたんだ。鈴木社長は生保業界の先輩を立ててくれたのかねぇ」

「用向きについて質問はなかったの」

「それがまったくなかった。時間は三十分。表敬訪問ぐらいに取ったのかもな」

「それは、けっこうなことで。秘書課長の顔が潰れずに済んだわけだな」

「庄司秘書室長もびっくり仰天で、『信じられません』って何度も言ってたよ」

庄司元仁は、誰に対しても丁寧語で話す。

女性職員間では、〝お公家さま〟のニックネームで呼ばれていた。

秘書室の男性職員は四人、女性職員は七人。東都生命の東京本社ビルは、恵比寿にあり、地上六階、地下三階の巨艦型ビルだ。事実、庄司の出自がやんごとない生まれであることは、社内で広く知られていた。

ベンツ七〇〇の会長専用車が本社ビル地下三階の車庫から発進したのは十日の午後一時十分過ぎだ。運転手が日比谷の大日生命東京本部ビルまでの所要時間を五十分も取ったのは、道路渋滞など不測の事態に備えてのことだ。五《ご》・十日《とおび》で金曜日にしてはさほどの渋滞もなく、十分前に大日生命の地下二階駐車場出入口にベンツは横づけされた。宮坂は安東をエレベーターホールまで見送り、待機していた大日生命の中年の女性秘書に会釈してから、助手席に戻った。

「鈴木がお待ち申し上げております。さあ、どうぞ」

「ありがとう」

安東は頭髪は大分後退したが、背筋もしゃきっとして、七十五歳には見えなかった。眉間が広く、眼光は鋭い。眼鏡は書類、書物を読むとき以外はかけない。

堂々たる押し出しだ。

ＶＩＰ用のエレベーターは社長執務室のある十八階へ直行した。

安東が驚いたのは、社長応接室ではなく、社長執務室に案内されたことだ。

秘書がノックすると、ドアが内側に引かれ、鈴木が立っていた。

「お呼び立てするようなことになって申し訳ありません」

「お忙しいのに、時間をお取りいただいて、感謝しております」

二人は、むろん初対面ではなかった。生保協会のパーティなどで面識はあったが、差しで会うのは、きょうが初めてだった。

「どうぞお坐りください」

「失礼します」

安東は長椅子に坐らされた。センターテーブルにはティカップが置かれていた。

「わたしは紅茶に目が無いほうなんです。ワイフの影響ですかねぇ。紅茶だけは秘書にまかせられません」

電気ポットのお湯をティポットに注いで抽出したてのダージリンを、安東のティカップと自分のそれに注いだ。

「立派な器ですね」

「パリで手に入れた〝リモージュ〟です。〝リモージュ〟で飲むダージリンは一味違うとは思われませんか。紅茶が嫌いな人はまずいません。勝手をしましたが、安東さんはお嫌いですか」

「いや。大好きです」

安東は、ダージリンぐらいは知ってたが、〝リモージュ〟のティセットは初耳だった。

「いただきます」

ひと口飲んで、安東は「なるほど。ひと味どころか、ふた味違いますなぁ」と、追従を言った。

手ずから紅茶を淹れるなんて、気障《きざ》を絵に画いたような奴だ、と安東は内心思わぬでもなかった。

芝居がかっていると見えなくもない。

「〝リモージュ〟でダージリンを飲みながら、お話しするのがいちばんです。心が温まってきますでしょう。ぎくしゃくしなくて済みますから」

安東は、おちょくられているような、小莫迦にされているような妙な気持ちになっていた。心が温まるどころではない。

「藤原さんはご壮健にしておられますか」

「はい。元気にしております。仕事のことはすべてわたしにまかせてくれてますので、ありがたいと思っております」

安東は皮肉とは取らなかった。大日生命のトップは名実共に鈴木だと聞いていた。だからこそ、鈴木に会いにきたのだ。

「ところでご用向きは……」

「大日生命さんは、東都生命に大いに関心がおありのようですなぁ」

「おっしゃる意味がよく分かりませんが」

安東の眼に険が出た。

「東都の営業部門が泣いてますぞ。大日生命さんの、あこぎな風評営業に泣かされてるのはウチだけじゃないと思うが、特にウチに対するやり方はえげつないのと違いますか」

鈴木が厭《いや》な眼で、安東を見返した。

ダージリン効果がなかったことも腹立たしいが、いきなり喧嘩を売るような安東のマナーの悪さが許せないと鈴木の顔に書いてあった。

鈴木は引《ひ》き攣《つ》った顔を無理に崩して、ダージリンをゆっくりとすすってから、ソーサーに戻した。

「痛い所を突かれて、お困りのようですな」

「とんでもない。わたしには、なんのことやら分かりません。言いがかりとしか思えませんよ。しかも、安東さんともあろうお方から、こんなお話を聞かされるとは夢想だにしてませんでした」

「わたしが作り話をしているとおっしゃりたいわけですな。でしたら当局に実態を報告して、然《しか》るべく処分をお願いするしかありませんかな」

安東はうそぶくように言って、ティカップに手を伸ばした。

鈴木の会社私物化、公私混同、恐怖政治ぶりは、生保業界で知らぬ者はいない。こんな男を社長に指名した藤原の気が知れないと安東は思ったが、生保トップの大日生命には歯が立たないことに思いを致して、安東は皮肉っぽく下手に出た。

「鈴木社長さんは言いがかりとおっしゃったが、さすが大日生命さんは違いますな。ウチ辺りのちっぽけな生保は、会長の立場におっても営業現場の声が聞こえてきます。大日さんの風評営業にやられっ放しだと現場は泣いてますがな」

「営業現場のことまで把握している安東さんには頭が下がります」

鈴木が低頭した。これまた芝居がかっている。それとも皮肉のお返しのつもりなのだろうか。

「安東さんのおっしゃる風評営業が事実なら、罰せられても仕方がないが、厳格に調査するよう担当役員に指示します。間違った情報が安東さんのお耳に入っているような気がしてなりませんが」

「その厳格調査をぜひお願いします」

安東が唐突に話題を変えた。

「大日生命さんと、東都生命が合併する手はありませんか。外資系の大手が東都を乗っ取ろうとしておるんですが、青い目と組む気にはなれませんな」

「なるほど。東都生命さんに外資が鵜の目鷹の目で、虎視《こし》眈々《たんたん》と狙ってますか。戦前は大日生命に肉薄したほどの名門生保ですから、東都生命さんを手に入れることができれば、それは大変なパワーになりますね」

「外資とのジョイントベンチャーを志向してるのがウチにも大勢おるんです。わたしは、ハゲタカ共と組むのは気が進まんのです。どうせ組むのなら、断トツの大日生命さんに限ります。外資系のカタカナだか、アルファベットとかに、これ以上のさばらせんためにも、力を貸してくださらんか」

「お尋ねしますが、赤坂のホテル・ニュートウキョウ跡地の高層ビルの建設は予定どおり進捗《しんちょく》してますか」

「ええ。二〇〇二年には三十六階の高層ビルが完成します。競売にかけたとき大日生命さんが名乗り出てくれるのではないかと密かに期待せんでもなかったのですが。大日生命さんは旧国鉄本社ビルを三千八十億円もの巨費で落札されたそうですが、二番札と一千百億円も乖離してたと聞いとります。一千百億円稼ぐのは、楽なことじゃありませんでしょうな」

　鈴木が紅茶をすすりながら、厭な眼で安東をとらえた。

「赤坂のビルが無事完成することを祈ってますよ。当社は、図体が大きくなり過ぎました。これ以上大きくする必要はありません。東都生命さんが外資系と提携して、当社を脅かす存在になれば、生保業界は活性化します。わたしは、すでに先例もあることですから、外資系と組まれることにエールを送りたいですね」

鈴木が時計を見たのをしおに、安東もソファから腰をあげた。

4

帰りのベンツの中で、安東が宮坂に話しかけた。

「平成十一年度の大日生命の業務純益はなんぼになりそうだ」

「二百億円以下になると予想されます。当初計画が約二千億円ですから、十分の一以下になるんじゃないでしょうか」

「ダージリンとかいう紅茶をふるまわれたが、鈴木っていう奴はろくな経営者じゃないな。大日がずっこけることはないだろうが、あの男がトップで居坐ってる限り、長期低落傾向は続くんだろうな。風評営業もリーディングカンパニーにあるまじき行為だ。厳重にクレームをつけてやったからな」

目糞《めくそ》、鼻糞《はなくそ》を嗤《わら》うとはこのことだが、宮坂はリアシートにふんぞり返っている安東に、上体をひねりながら横目を流した。

「赤坂のホテル・ニュートウキョウの跡地を大日が買ってれば、三千八十億円もの高値で旧国鉄ビルを落札することもなかったのになぁ。鈴木の野郎、完成することを祈るなどと吐《ぬ》かしやがった。東都が外資と組んで、大日を脅かす存在になれば、生保業界は活性化するだろうとも、言いやがった。言わしておけばいい気になりやがって」

名門企業の実力会長とも思えない口吻《こうふん》に、宮坂は悲しくなった。それにしても、突然安東の口を衝いて外資の話が出たのはどういうことなのか。

宮坂は、この日午後五時に、友部を役員応接室に呼び出した。友部は、安東—鈴木会談が気になっていたので、時間をやりくりして、宮坂の求めに応じた。この日は7号室だった。

「どうだったの」

「帰りの車の中で、鈴木社長のことをボロクソに言ってたよ。例の跡地に建設中の高層ビルを大日生命に売却したいと打診して断られたらしい。それと外資との提携話を鈴木社長に話したふしがあるんだ。風評営業でもクレームをつけたそうだ」

「なるほど。あり得るな。東都生命を大日生命に居抜きで売りつけようとしたわけか。だが、そんな話に大日が乗ってくるはずがないだろう。ただし、風評営業は目に余るから、安太郎としては、よくやったと褒めてやるか」

「わたしも、そう思う。ところで、企画部は外資系生保にアプローチしてるのか」

「選択肢の一つではあるんだろうな。東都はインベストメント・バンク（投資銀行）トップのDB（ダイヤモンド・ブラザーズ）とアドバイザリー契約を締結している。DBジャパンは、さかんに外資と提携することを提案してきてるよ」

宮坂がシニカルな笑いを浮かべた。

「DBから友部にスカウトの口がかかってるんじゃないのかね」

「もちろん」

友部は自信たっぷりにうなずいてから、わざとらしく、咳払いをした。

「しかし、目下のところ、外資に鞍替えする気はないよ。最後まで東都の行く末を見届けるつもりだ」

「外資と組もうが組むまいが、わたしは東都にしがみついているしかない。外資って、具体的にはどこなの」

「アメリカのＡＩＣとかプレジデンシャルとかいろいろあるが、どっちがより有利な条件を提示するかにかかっていると思う。繰り返すが、外資との提携も選択肢の一つに過ぎない。協立銀行と合併する東亜銀行がどこまで支えてくれるか。そのいかんによっては自助努力による再生も夢ではないだろう」

「きょう会長専用車の中で胸にぐさっと突き刺さるような感じで思ったことは、安太郎にものを言う役員が一人としておらず、取り巻きがゴマ擂りばかりだったことが東都生命にとって不幸だってことなんだろうね」

「松永亨《とおる》社長にしても、草履取りのあらん限りを尽して、やっと社長になったが、いまだに安太郎と切り結んだことはないものな。もっとも、われわれ二人は、安太郎にぶつかったよな。若気の至りと言ってしまえばそれまでだが」

「よくぞ、あんな勇ましいことができたよなぁ。さんざんな目にもあったが、安太郎に『見どころがある』と言わせたのは事実だと思う」

宮坂も友部も遠くを見る目になった。

第二章　社長直訴

1

一九八三（昭和五十八）年のゴールデンウィーク明けに、友部陽平は宮坂雄造と昼食時間に社員食堂で偶然出くわした。

友部はサンドイッチとコーヒー、宮坂はパスタとミルクティをオーダーし、二人は並んでテーブルに着いた。

「成城のグラウンドがなくなるのを知ってるか」

「初めて聞いた。一万坪近い広大なグラウンドで、利用率も高いんじゃないのか。宮坂は本チャンのサッカー部員だから、何度も行ってるんだな」

「桜の木も多くて、近所の人が花見に来るほど素晴らしいグラウンドを、従業員から黙って取り上げてしまうなんてことが許されるのだろうか」

宮坂はふくれ面で、パスタを食べるのも忘れて、息まいた。

「緑に囲まれた広大な敷地を、会員制のゴージャスなスポーツクラブに変えてしまうっていう話だ。オムニのテニスコートだけで十五面っていうから、テニスクラブともいえるが、ジム、プール、スカッシュ、インドアゴルフ、フィットネススタジオなどを備えた日本一のスポーツクラブを志向してるそうだ。われわれ職員にはなんのメリットもない。ふざけた話だとは思わないか」

頬張ったサンドイッチをコーヒーと一緒に飲み込んで、友部が応えた。

「組合は反対しないのかね。生保がスポーツクラブを経営してはならないという法はないだろうが、従業員の運動場を奪われるのは、たしかにおもしろくないな」

「入社二年目の若造の分際で、組合の幹部にもの申すのは恐れ多いが、友部が一緒なら、ぶつかってみたいと思うんだけど」

「宮坂が怒ったり、嘆いたりするのはもっともだ。おもしろそうじゃないか。組合幹部に会おうじゃないの」

「ありがとう。さすが友部だ。俺の周囲で頼りになりそうなのは友部一人だよ」

宮坂は気をとり直して、パスタに集中し始めた。

「ただ、宮坂も百も承知とは思うけど、成果は期し難いんじゃないか。大手企業、わけても従業員組合は企業内組合っていうか、ご用組合で、某先輩の言によれば、組合の三役はエリートコースで、もっと言えば人事部のスパイとして機能している、と考えたほうが当たっているんじゃないかなぁ」

ほころびかけた宮坂の表情が、翳った。

「入社二年目の青二才と見られるだけで、得はないって言いたいのか」

「それはなんとも言えないな。安東社長は就任二年目だが、超ワンマンぶりを発揮してるそうだから、従業員から運動場を取り上げるくらい朝飯前かもしれない。組合の意見を聞いたかどうかも分からないが、問題提起する意味はあるんじゃないのか。組合幹部に当たってみるぐらいどうってことはないと思うけど」

「……」

「宮坂、おまえ怖じ気づいたのか」

「そんなことはないさ」

「入社二年の若造だからこそ、飛んだり跳《は》ねたりできると思うんだ。十年経って、分別臭くなったら、サラリーマン根性丸出しになってしまう。いまだから考課のことなんか考えずに突っ走れるんだ。やろうじゃないか」

「うん。やろう」

宮坂は気合いを入れ直すように、ミルクティをがぶっと飲んだ。

2

友部と宮坂が、職員組合の委員長、副委員長、書記長の専従三役に会ったのは、五月十日午後六時過ぎのことだ。本社二階の一室が組合本部の事務所である。

高木康夫、山際厚志《やまぎわあつし》、三好明《みよしあきら》の三人はいずれも三十六、七歳で、一年の任期が終れば、それなりの管理職ポストにありつく。三人はワイシャツ姿だが、友部と宮坂はスーツ姿だ。

三人は、ソファで向かい合うなり、胡散臭そうにジロッとした眼で友部と宮坂を睨《ね》め回した。

長椅子の中央に坐った高木委員長が切り出した。

「われわれに言いたいことがあるって。なにごとかね」

友部が応じた。

「成城のグラウンドが会社に取り上げられてしまうそうですが、委員長はご存じでしたか」

「いや、聞いてないな。山際、聞いてるか」

「いいえ」

高木は、右から左へ首をねじった。

「三好は?」

「知りません」

「われわれが知らないことを二人は誰から聞いたのかね」

「わたしは財務部の一番下っ端ですが、次長と課長が話してるのを耳にしました」

「盗み聞きしたわけだな」

「いいえ。聞こえてしまっただけですし、お二人とも普通に話してました。内緒話ではなかったと思います」

宮坂は少しむきになって、言い返した。

友部が硬い顔で質問した。

「わたしは、宮坂君からこの話を聞いたとき、当然、経営側は組合に相談といいますか、組合の了解を取り付けるのがルールだと思いました」

「成城のグラウンドは、われわれ職員組合にとって貴重なものだし、利用度も高い。ルールかどうか分からんが、まったく聞かされてないのはおもしろくないな。事実関係を調べて、どうするか考えるか」

高木が左右に眼を遣っている間に、友部が発言した。

「事実だとしましたら、組合は反対するべきだと思います。東都生命がスポーツクラブを経営する必然性はないと考えます」

「友部と言ったかねぇ。おまえ、よく口が回るな」

書記長の三好だった。三好は薄ら笑いを浮かべながら、つづけた。

「絶対反対でストを打てとでも言いたいのかね」

「そんなことは言ってません。ただ、黙視するのはいかがなものでしょうか。組合は舐められたものだと思われるだけです」

「おまえ、ほんと生意気だな。ポストはどこなんだ」

三好は色をなした。色白なのっぺり面が朱に染まっている。

友部が発言しようとしたとき、宮坂に袖を引かれたので、ちょっと間を取った。

「失礼しました。しかし、きょう、わたしたちが三役に申し上げたことは、組合員の総意だと思います。いくらなんでも、組合に無断で、運動場を取り上げてしまうのは、乱暴です」

「おまえたち二人の執行部批判は肝に銘じておくよ。ヒヨッ子のくせに、たいしたタマだ」

「よせ、三好。ヒヨッ子たちに大人気ないと思われるだけだ」

高木が笑いながら三好をたしなめた。

友部は、宮坂に促《うなが》されて起立し、三人に向かって最敬礼した。

宮坂がふたたび低頭した。

「本日はありがとうございました。今後ともよろしくお願い申し上げます」

三人とも顎《あご》をしゃくった。それが会釈のつもりらしい。

組合本部室から退出し、エレベーターホールでの立ち話で、宮坂が訊いた。

「友部は三好書記長になにか言い返そうとしてたなぁ」

「わたしの部署をしりたいのなら名刺をご覧ください、って言うつもりだった。組合幹部から、名刺を貰えなかったけど」

友部は金融法人部門に配属されたが、むろん肩書などなかった。宮坂も一兵卒に過ぎない。

「ヒヨッ子にしては、よく頑張ったほうだろう。特に友部はまったく物怖じしないのには驚いたな」

「そうでもないよ。組合の執行部がふんぞり返ってたので、こんちくしょうと思ったことは確かだけど」

「かれらがどう出るか楽しみでもあり、怖くもあるな。友部が組合員の総意だと言い切ったのには、たまげたけど」

「成城のグラウンドをスポーツクラブにするのが事実かどうかは、ほどなく分かるだろう。宮坂はテニスコートが十五面とか、ずいぶん細かいことを知ってたけど、それも盗み聞きなのか」

「盗み聞きはないだろう。課長のデスクにあったペーパーを偶然見てしまったんだ」

「なるほど。だとしたら、組合がじたばたしても止められないかもな」

「そうかなぁ。プランの段階だったら、ストップできる可能性はゼロではないと思うけど。組合三役が知らなかったことが分かったのだから、そう言えるんじゃないのか」

「宮坂が、成城のグラウンドに執着心を持つのは分かるが、計画を白紙に返せる確率は低いと思わざるを得ないな」

「組合に期待するほうが間違ってたことになるんだろうか」

「いくらご用組合でも、経営側の言いなりはおかしいとは思うけどね」

友部がエレベーターのボタンを押した。

3

組合執行部の、アクションの早さといったらなかった。

翌日の昼前に、書記長の三好から友部に社内電話がかかってきたのだ。

「成城の運動場の件だが、組合執行部としては、おまえたちから聞かなかったことにする」

「どういうことかよく分かりませんが」

「おまえ頭の回転が鈍いな。スポーツクラブを作る計画はトップ・ダウンで具体化し、もう止めることはできないっていうことだよ」

「常務会などで機関決定したっていうことですか」

「トップ・ダウンと言っただろう。トップ案件、特別プロジェクトっていうことだ。おまえたちも忘れたほうが身のためだな。宮坂にもそう伝えておけ。いいな」

「組合執行部は、そんなことで体面が保てるんでしょうか」

「おまえは、組合員の総意だとか言ってたが、東都生命の職員には分不相応で、都心の一等地にあんなに立派な運動場は大日生命でさえも持ってない。経営多角化の一環として、日本一高級なスポーツクラブを作りたいとする経営トップの判断は間違ってないと思う。おまえら若造が軽挙妄動しないように忠告しておく。宮坂にも伝えておけ。ほかにも妙な関心を持ってる奴がいたら、注意してやったらいいな」

ガチャンと電話が切れた。

「軽挙妄動」と言われて、友部は頭に血液が逆流した。

「聞かなかったことにする」とは、さすがはご用組合としか言いようがない。

安東社長のワンマンぶりはつとに聞こえているが、「トップ・ダウン」「特別プロジェクト」にチェック機能が働かなくなったら、東都生命の明日はないような気さえしてくる。

友部は、さっそく宮坂に電話をかけて、三好から電話があったことと話の内容を伝えた。

「三好書記長から軽挙妄動するなって釘を刺されたが、このまま引き下がるしかないのかなぁ。ダラ幹の執行部に一矢報いる手だと思うけど」

「冷静な友部がカッカカッカしてるところを見ると、三好さんの電話は高圧的だったわけだな」

「僕のことを血の気が多いとか、多血質とか言わなかったか。なにが冷静な友部だ。しかも、宮坂が僕を焚きつけたんじゃなかったのか」

「俺に八つ当たりされても困るよ」

「黙って引き下がったほうが身のためとか言われたが、こうなったらひと暴れしてやろうじゃないか。おまえサッカー部、野球部などの意思統一を図って、総意であることを示したらどうだ。トップ・ダウンの特別プロジェクトだから黙殺するしかないと組合執行部は判断している。ダメモトでも、ワンマン社長に一度は直訴するしかないと思うけど」

「一日経っても、友部の考えが変らないようなら、そのときは行動するよ」

「宮坂はもう腰が引けてるのか」

「そんなことはない。ただワンマン社長に会えるチャンスがあるんだろうか」

「日曜日に社長邸へ押しかける手があるだろう」

「無茶っていうか、無謀だと思うけど」

「無茶苦茶な人がトップになったと思えば気が楽だろう。情けない組合執行部になり替って、やるだけはやってみようや。職員の総意はオーバーだが、それらしきものを用意することはできるだろう」

友部の怒りが鎮静することはなかった。

宮坂はサッカー部、ラグビー部、野球部の有志一同名で、グラウンドは職員の福利厚生上、手放すことには疑問があるので、経営側は再考して欲しい旨の陳情書を作成した。

秘書室の若い女性秘書から、安東社長が五月十五日の日曜日は在宅していると聞き出したのは、友部である。

4

安東太郎の私邸は、千葉県市川市にあった。この時代の安東は朝のラッシュ時に電車通勤していたほど姿勢がよかった。

帰宅は宴席などの関係で専用車を使用することが多かったが、秘書室の女性秘書たちとも気さくに対話し、気取ったところがないため、好感がもたれていた。

友部と宮坂が運動場のことで安東に直訴する気になったのも、そうした評判と無関係ではなかった。

話の分かるトップ。東都生命は八代目にして、やっと求心力のある社長に恵まれた、とする見方が社内世論になっていた。六、七代目は神輿《みこし》として担がれているだけの存在と陰口を叩く者もいたのである。

友部と宮坂は、安東邸の地味なたたずまいに、いっそう安堵感を覚えた。というより感動した。

モルタル木造の二階家で、敷地も五十坪あるかないかだ。

「東都生命の社長邸とは思えないな。宮前の我が家のほうがずっと立派に見えるよ」

「友部の親父さんは都銀の常務だったっけ」

「そろそろ、卒業して関連会社に出されるんじゃないかな。国際畑で頭取になった人は少ないからね」

「不思議だな。電車の中ではあんなにドキドキしてたのに、それが収まってる」

「宮坂は引き返そうかなんて言ってなかったか」

「うん。友部に引っ張られて来てしまったっていうか、後悔してたことは事実だよ」

「後悔することになるかどうかは、まだ分からんよ。さあ、行くぞ」

友部が勢いよくブザーを押した。

「はい。どなたさまですか」

少しかすれた女性の声が聞こえた。

「東都生命の友部と申します。ぶしつけとは存じますが、安東社長にお目にかかりたいと思いまして、参上しました」

「少々お待ちください」

一分ほど待たされて、現れたのは五十五、六歳とおぼしき女性だった。ごく普通のおばさんだ。お手伝いさんだろう、と友部は思った。

「安東の家内です。どうぞお入りください」

「失礼しました」

友部が思わず腰を折ったのは、社長夫人と映らなかったことの自責の念に駆られたからだ。宮坂もあわて気味に低頭した。

「宮坂と申します」

「あなたも、東都生命の方ですか」

「は、はい」

二人は、洋風の応接間に通された。

スポーツシャツ姿の安東が顔を出したのは、緑茶が運ばれたあとで、十分以上経っていた。二人はソファから立って、直立不動の姿勢を保った。

「本日はお休みのところを突然、お邪魔しまして申し訳ありません」

友部は、自分でも信じられないほど声が落着いていた。こうなったら、開き直るしかない――。


「友部と申します」

「初めて見る顔だな」

ドスの利いた声だった。不機嫌そうな赭《あか》ら顔に威圧されて、二人とも下を向いた。

「坐りなさい」

「失礼します」

友部は声を押し出したが、宮坂は低頭しただけだった。膝頭《ひざがしら》ががくがくして、声も出なかったのだ。

「秘書室長に電話で聞いたが、きみたちのことは、まったく知らないと言うとった。用件を言いなさい」

友部が宮坂のほうへ首をねじった。

宮坂が背広の内ポケットに用意した白い封書を取り出して、センターテーブルに置いた。

安東が、ペーパーをひったくった。

陳情書を走り読みした安東は、くしゃくしゃに丸めたペーパーを宮坂に向けて放り投げた。宮坂は躰をよじって、よけたが、薄い和紙だったので宮坂まで届かなかった。

「なんの真似だ！　誰の知恵なんだ！」

胴間声《どうまごえ》を放たれ、友部も宮坂もすぐには反応できなかったが、友部はふるえる手で湯呑み茶碗を口へ運んで、時間を稼いだ。そして、大きな深呼吸をした。

友部が茶碗をセンターテーブルの茶托に戻した。

「組合執行部を通して、お願いするのが筋だとも思いましたが、有志一同名で陳情書を作成しました。誠に失礼ながら申し上げますが、なんの説明もなく職員から運動場を取り上げてしまうのは、民主主義のルールに反すると存じます。ご再考いただけませんでしょうか」

「再考しろだと！　ふざけるな！　生意気言うんじゃない。成城の運動場を利用してるのはほとんどOBだと聞いておる。だいたい、おまえたちには勿体《もったい》ない。猫に小判だろうや。有効利用して、なにが悪い」

「安東社長の一存でお決めになったのでしょうか」

「ふざけるな！　常務会で機関決定したことだ。おまえに説明するまでもないと思うが、ついでに教えてやろう。千葉県の房総に広大な土地を保有しているが、介護施設を作ることになっている。スポーツクラブ同様、別会社方式で運営する……」

安東はしかめっ面をあらぬほうへ向けた。

「こんなことまで社長のわたしに言わせるとは、まったく、なんていうやつらだ」

安東は背筋を伸ばして、友部を睨みつけた。

「おまえは何年の入社だ」

「昭和五十七年です」

「おまえは？」

指を差されて、宮坂は「同じです」と応えた。

「会社から小遣いを貰って、先輩社員からコーチを受けてる生徒じゃねぇか。立場をわきまえたら、黄色い嘴《くちばし》で四の五の言える身分なのか考えてみたらいいな。成城のプロジェクトはもう動きだしてる。ちんぴらの若造が口出しすることがらとも思えん」

安東は茶碗をつかむなり、がぶっと緑茶を飲んで、ふたたび鋭い目で友部をとらえた。

「おまえ、まだなにか言いたいのか」

「いいえ。おっしゃることはよく分かりました。しかし、組合になんの説明もないのはやはり納得できません」

「おまえは、体育会系だな」

昭和五十七年に東都生命に入社したキャリア職員は約百五十人だが、慶応系、非慶応系を問わず、体育会系が相当数を占めていた。

生命保険会社では従業員を職員と称し、保険契約者を社員と称している。

「いいえ」

「運動はなにをやってるんだ」

「なにもやってません」

「なんだと」

「スポーツが好きだから反対しているのではありません。筋論を申し上げてるつもりですが。失礼ながら繰り返します。成城の運動場は、従業員の物でもあると存じます」

安東は茶碗をつかむなり、がぶがぶっと緑茶を飲み乾した。

「わたしに意見がましいことを言うのはまだ十年、いや二十年早いぞ。わたしにアポなしで会いに来た向こう見ずな度胸は買ってやろう。見どころもある。おまえたちをクビにするようなことはせんが、わたしに対する無礼は、仕事で返すことだな。友部と宮坂言うたか。名前は覚えておこう」

言いざま安東は腰をあげていた。

5

翌日、五月十六日月曜日の朝九時過ぎに、友部は人事部課長代理の植村《うえむら》に呼び出された。

「六月一日付の異動で、営業の現場に出てもらう。友部にセールス・レディを管理する能力があるとは思えないので、拠点の松江支社で訓練してから支部長になるのがいいだろう。数年は現場で鍛えてもらうぞ」

「社長に陳情したことの報復人事なんでしょうか」

「通常の人事異動の一環だ。現場の経験は生保マンの責務だと心得てもらうのがいいだろう」

「宮坂はどうなるんでしょうか」

「同じく、札幌支社に行ってもらう」

「やはり報復人事と受け止めざるを得ないと思いますが」

「どう思おうと勝手だが、入社して丸一年以上も本社にいられただけでも、ツイてるほうだ。それにしても、入社二年生がトップに陳情書を提出したのは、前代未聞だろうな。東都生命始まって以来の事件だ」

「社長から二十年早いと言われました」

「友部のクソ度胸をわたしも評価するにやぶさかではない。営業で実績を挙げることで、社長の温情に報いてもらいたいね」

「どういう意味でしょうか」

「社長は、見どころがあるとか言ったそうじゃないか。お陰で、おまえの上司たちはお咎めなしだ。普通なら、こんな程度では済まされないだろうな。管理能力の欠如を問われても仕方がないと思うが」

植村はねちっこい性格とみえる。皮肉っぽいもの言いは、この際仕方がないとしても、管理能力とは無関係だと友部は思った。

「わたしは、ご用組合の執行部のほうにより問題があると思いました。成城のグラウンドがスポーツクラブになることに、まったく疑問を持たない執行部に失望したからこそ、社長への直訴に及んだのです。咎められるべきは組合執行部にあるんじゃないでしょうか」

植村は厭な目で、友部を見た。

「ひと言多いんじゃないのか。おまえと宮坂のお陰できのうの日曜日は厄日だった。秘書室長から組合執行部にも、電話があったはずだ。てんやわんやの大騒ぎになったが、執行部は三役とも知らぬ存ぜぬで押し通した。だがいまのおまえの話だと、おまえと宮坂が執行部と接触したことは間違いないわけだな」

友部は瞬時のうちに「聞かなかったことにする」はあり得ない、と結論づけた。

「ひと言多いことは百も承知ですが、執行部三役に宮坂と二人でお会いしました。翌日、三好書記長から、『聞かなかったことにする』と言われましたが、ご都合主義、ことなかれ主義も極まれりだと思います」

「ひと言どころか、ふた言も三言も多いな。三好さんがいまの友部の話を知ったら、おまえを恨むだろう。わたしは、おまえを貶めることはしない。それが人事にたずさわる者の心得だと思うからだ」

友部は低く頭を垂れた。

「ご配慮、感謝します」

幸い、人事部の応接室でのやりとりなので、誰に聞かれる心配もなかった。

「友部も宮坂も、社長が見どころがあると見抜いただけのことはあると、わたしは信じたい。仕事で頑張ってもらおう」

別れしなに植村は、友部の背中を叩いた。

「頑張れよ」

「ありがとうございます」

植村が組合執行部に、友部の陰口を叩いた形跡はなかった。

このことは、三好たちから、友部に対してなんら反応がなかった点に示されていた。人事にたずさわる者の立場を逸脱しなかったと言えよう。宮坂も同様だった。

翌日の朝九時に、友部は再び人事部に呼び出された。今度は課長の藤田だった。

「友部は、社長が剣道五段の猛者《もさ》であることは知ってたのか」

「はい。大学時代、慶応を全国制覇に導いたほど凄い方だと聞いてます」

「きみも剣道をやるんじゃなかったか」

「社長とは比ぶべくもありませんが」

「おとといの日曜日に、社長に剣道の話をしなかったのはどうしてなのかね。運動はやらないと話したそうじゃないの」

「運動場とは関係ありませんので。さして深く考えたわけでもないのですが」

「社長は、友部が剣道三段だと人事部長から聞いて、びっくりされたらしい」

藤田が一枚のペーパーをセンターテーブルに置いた。会ったときから、ひらひらさせていたので、友部は気になっていた。

「これは社長からのプレゼントだ。友部のような若手では異例というか、初めてだと思う。ありがたく頂戴したらいいな。あとで、ゆっくり読んでくれ。他言は無用だ」

友部はエレベーターホールで、安東の自筆によるコピーを読んだ。横書きで、「もてる男の10条件、安東太郎」とあり、文面は以下のとおりだった。

1　初対面では無心で接すること。有能な人間ほど、とかく慢心や偏見があって有心で接しやすい。

2　明るく潑剌《はつらつ》としていて、感じがよいこと。
3　話題が多く、ユーモアが分かり、話がおもしろいこと。
4　自分のことばかりしゃべらずに、ひとの話を一所懸命聞くこと。
5　そっけない素振りや威張ったりせず、親切で思いやりのあること。
6　批評癖は直して、悪口屋にならないこと。
7　同席のひととうまくやれること。自己顕示欲の強いひとは孤立しやすい。
8　もらう一方ではなく、与えることも知っておくこと。物心両面で。
9　努めて、ひとの美点、長所をみること。
10　好悪を問わずひとに誠をつくすこと。

お世辞にも達筆とは言いかねるが、読みやすい字だった。

友部はなにやら胸が熱くなった。

6

友部は宮坂と五月二十日金曜日の夜、渋谷の飲み屋で会った。

生ビールで乾杯して、友部が照れ笑いを浮かべた。

「おもしろかったな。いい勉強をさせてもらったと思うしかないだろう。負け惜しみと言われたら、それまでだが」

「俺は、安東社長と対峙《たいじ》しているとき、ひと言も言葉を発せられないほど緊張し切っていたが、友部は凄いな。実に堂々としていた。改めて見直したよ」

「自分でもいい度胸をしてると思ったが、安東社長とじかに話すなんて、金輪際ないかもな」

「友部は上司から絞られなかったのか」

「うん。目下のところは、なんにも言われてないぞ。触らぬ神に祟りなしと思われたのか、匙を投げられたかのどっちかだろう」

「俺は課長から相当絞られたよ。別会社方式の運営会社が間もなく設立されることになってるらしいんだ。東都生命が八〇パーセント出資し、大手のゼネコンが二〇パーセント出資する。社名は株式会社ミヤコスポーツセンターとか言ってたな。そんな段階で社長に直訴する莫迦がどこにいるかっていうわけよ。なんでわたしに相談してくれなかったのかって、えらい剣幕で怒られた。超高級スポーツクラブが一九八六年に開業する計画だとか話してた」

「われわれは、莫迦は死ななきゃ直らない口っていうわけだな」

友部は小首をかしげながら、否定した。

「違うな。財務部の課長は自分の管理責任を問われることを心配してるんだろう。しかし、東都生命に僕たちみたいなズッコケがいたっていいんじゃないのか。不問に付されたとは思えないが、仕事をすることによって挽回できるし、よくやったと内心では評価したり、羨んだりしてる者もいるような気がするが」

「楽観的であり過ぎると思うけど。俺は一選抜から脱落したと思ってるよ。現に、同期でひやかしの電話をかけてきたのが、五人もいたからねぇ。友部はどうだった？」

「もちろん、ひやかしはあったが、僕自身はよくぞやったと思う気持ちのほうが勝ってるよ。人事部の課長からなにか言われたか」

「いや。友部は？」

友部はあいまいに小さくうなずいて、生ビールを飲んだ。「もてる男の10条件」は僕だけだと思いながら。

「安東社長の『見どころがある』を信じて、頑張るしかないんじゃないのか」

「俺は永遠に本社に戻れないような気がしてるよ」

「考え過ぎだな。営業の現場を経験させられるのは、生保マンの宿命だろう。安東社長以下、役員でセールスをやらなかった人なんて一人もいない。それが長いか短いかの違いはあると思うけど」

宮坂は本気で一選抜から脱落したと思って落ち込んでいた。

だいたい入社二年生で一選抜もくそもない。

友部は、その言葉を呑み込んだ。

「人事部にしても、組合執行部にしても、ワンマン社長の顔色を窺うことに汲々としている。サラリーマン社会は、忖度《そんたく》社会とも言われてるが、上ばかり見てるゴマ擂りが出世する仕組みになってることも事実だけど、僕はゴマ擂りにはなりたくないね。上司に擦り寄るなんて下の下だ。自然体であるべきだと僕は思う。社長への直訴も、経営側のやり方が理不尽だと思ったからで、パフォーマンスでもなんでもない」

宮坂が口に運びかけた冷やっこを、醤油皿に戻した。

「お見事なパフォーマンスだったな、とか言ったのが、一人いたよ」

「冷やかしだな。それともやっかみもあるんだろうか」

「後者はあり得ないだろう」

「僕は、今度の一件で同期のトップに立ったと思うことにする。まっとうなことをしたんだ。手続き論がどうのこうの言うのはいるかもしれないが、それを咎められるとしたら、東都生命にダイナミズムはなきに等しい」

話しながら、最前考えたことと逆だなと思うと同時に、こんな青くさいことを言えるのは、入社二年目のチンピラ社員だからこそだろうか、と友部は思わぬでもなかった。

だが、友部は高揚感に包まれていた。悲観的な宮坂の気が知れない。「もてる男の10条件」のせいに決まってるが。


この夜、友部が杉並区宮前の家に帰ったのは九時過ぎだった。

友部の父親、陽二郎の年齢は五十三歳。母親の富子は五十一歳。友部は独りっ子だった。

友部は父に、会社の出来事を話したことは一度もなかった。父から仕事の話を聞いた覚えもない。

シャワーで汗を流してから、パジャマ姿でリビングに顔を出した。

「六月から居候じゃなくなるからね」

富子がテレビのボリュームを小さくした。

「本社勤務はたった一年なの？」

「同期入社は約百五十人ですけど、ほとんどは地方の営業部門に配属されました。一年とはいえ本社勤務はラッキーですよ。転勤はサラリーマンにつきものです」

「お父さんのように、ニューヨークとかロンドンなら分かりますけど」

「お父さんは、国際畑のエリートですから、恵まれてたんです。そのお陰で、僕の英語力は同期でトップだと思いますけど」

「転勤先はどこなんだ」

テレビを消しながら、陽二郎が訊いた。

「松江支社です。生保では拠点という言い方をしてますが、島根と鳥取が守備範囲ですから、傘下に支部が十店あります。中規模の営業拠点です」

「生保のノルマの厳しさは相当なものだと聞いたことがあるな」

「それは、断トツの大日生命や旧財閥系生保のことですよ。東都生命は、おとなしいものです。ノルマがないとまでは言いませんけど」

「営業で苦労するのも、いい経験になるだろう。何ごとも前向きに考えるのが処世術としては正しいんだろうな」

友部は、社長直訴のことを陽二郎に話したら、どんな顔をし、どんな反応をするか考えたが、心配させるだけだと思い直して、口をつぐんだ。

「あなたと二人だけになるんですか。寂しくなりますね」

富子が吐息まじりに言った。

7

翌日の土曜日、友部は恋人の草野明日香《くさのあすか》とデートした。

明日香との出会いは大学一年生の秋の合コンだ。上智大学英文科の一年生だった。一九六〇(昭和三十五)年一月十一日生れの友部より二ヵ月早い一九五九年十一月十一日生れで、「同じ十一日生れとは嬉しいじゃない」と明日香がにこやかに言ったのを、友部はついきのうのことのように憶えている。

一が四つ続く誕生日を話したときのきれいな笑顔も忘れられない。

合コンでデートすることを決め、井の頭公園でボートに乗った。友部は野球帽、明日香はスカーフを持参してきた。

用意してきたサンドイッチを漕ぎ手の友部の口に入れてくれた。

「母と二人で作ったの。あなたとデートすることを伝えたら、そうなったわけ」

申し合せたように、二人ともジーパンとスポーツシャツの上にジャンパーを羽織っていた。

明日香は目鼻立ちのはっきりした美形で、プロポーションも抜群だった。

「あなたに逢ったとき、いっぺんで好きになった。のっぺりした二枚目じゃないところと、水割りウィスキーの豪快な飲みっぷりが気に入ったのかもね」

「飲みっぷりのよさは、きみも相当なものだったよ」

「一気飲みが流行ってたけど、わたしは、ほとんどトイレで吐いた」

「そこまでは気がつかなかった。勿体ないことしたな。だけど一気飲みは、躰によくないね」

「三千円の会費で、早く酔いが回るための手段と考えたら、そうも言えないんじゃないの」

「そのサンドイッチをもう一つ頼む」

友部はオールから手を離して、口を開けながら上体を明日香のほうへ寄せた。

「歯がきれいね。わたしも悪いほうじゃないけど、あなたには負けるわ」

「ボートに乗るためにサンドイッチを小さく切ってきたわけだな」

「もちろん」

「ふうーん。それもお母さんの入れ知恵なの」

「ううん。わたしが自分でそうしたの」

「ハムサンドも旨いけど、ポテトサラダのほうが旨そうだな」

「どうぞ」

サンドイッチに気持ちを奪われている間にほかのボートにぶつかりそうになった。

運動神経には自信がある。友部は左側のオール一本で、なんなくかわした。

「ボートを漕ぐのは初めてとか言ってなかった？　そうは思えないけど」

「初体験だけど、自信はあった。握力は強いからね。竹刀とは違うけど」

「竹刀って、剣道をしてたの」

「一応、これでも初段だよ」

「帰国子女にしては、素晴らしい。大学でも続けてるの」

「もちろん。三段ぐらいまでは行けると思う」

「ますます好きになったわ」

明日香が、友部の両脚を撫でながらつづけた。

「紅茶を忘れてたわ」

明日香は布製のトート・バッグから、ステンレス製の魔法瓶を取り出して、蓋のコップにミルクティを注いだ。

「美味しい。これがいちばんかもな」

「あなたの味覚は相当なものねぇ。〝ロイヤル・ミルクティ〟が分かるんだから」

ボートは一時間。あっという間だった。

時計は午後三時を回ったところだ。

明日香が両手を友部の左腕に絡めてきた。

「友部君、これからどうしたいの。なんなりと、どうぞ」

「初めてのデートでいいのか」

「いいわ。全然いい」

「だったら、ラブホしかないな」

「賛成」

「場所は、どこがいいのかな。湯島天神の近くが良いって、幼稚舎上がりの友達が話してたの思い出した。この男は半端じゃない。中三のときに童貞じゃなくなったとか自慢してたからねぇ」

「あなたはどうなの」

「初めて。だからこんなにドキドキしてるんじゃないのか」

「そうなんだ。わたしも」

湯島天神で、うろうろしているとき、明日香が衝撃的なことを口走った。

「こっちだと思う。お湯の匂いがするわ」

事実、ラブホテルがすぐ目と鼻の先にあった。

友部は、女性と躰を交えるのは初めてだった。

リードしたのは明日香のほうだ。

「少し痛い」と明日香は顔をしかめた。

友部は無我夢中で、裸体の明日香にむしゃぶりついた。

明日香の見事な裸体に見惚《みと》れたのは、三度目をバスルームで終えたあとだ。

「ずっときみと一緒にいたいな」

「友部君はほんとうに初《うぶ》なんだ」

「あしたは日曜日なんだから、ほんとにどうだろうか」

「両親の手前、そうもいかないわ。来週またデートしよう。ただし、コンドームを用意してきてね」

「そういうことも忘れてた。きょうは大丈夫なんだ」

「生理が終ったばかりだから」

「そういうものなんだ」

「あなたって、可愛い」

抱き合って、シャワーを浴びているとき、友部はまたしても、怒張していた。

二時間足らずの間に五度も果てた。泊まっていたら、その二倍には達していたろう、と帰りの電車の中で、友部は思ったものだ。そして明日香はバージンではなかったのではないか、とも。

8

草野明日香と初めてデートした日のことを思い出しながら、友部は五月二十一日土曜日の昼下りに山手線目黒駅から白金台の都ホテルへタクシーで向かった。

明日香は、大手出版社に編集者として勤務していた。

一階のラウンジで、明日香がスーツ姿で現れたのは午後二時二十分だ。約束より二十分の遅刻だった。

「ご免なさい。至急会いたいって、なにかあったの」

「六月一日付で松江に転勤することになった。参ったよ」

「松江って、ラフカディオ・ハーンが小泉節子と結婚生活を送ったあの松江?」

「そう。小泉八雲の棲栖《すみか》が記念館として保存されてると聞いたことがあるな」

「遠いなぁ。なんだって生保なんかに入社したのか、ほんと気が知れない」

「給料が高いからに決まってるだろう。もっとも大手出版社はもっと高給なんだな」

「さあ、どうなのかしら」

ウェイターが近づいてきた。

「わたしもミルクティをお願いします」

「かしこまりました」

ウェイターが立ち去ったあとで、友部がささやいた。

「客室ブッキングしたからな。僕は友達の家に泊まることになってる」

明日香は眉をひそめた。

「松江はショックだなぁ」

「お互い二十三歳で、早いとは思うけど、潮時っていうか結婚するというのもあるんじゃないか。学生結婚した友達もいるぜ」

「それって、会社を辞めろって言う意味なの」

「松江で暮らすのも悪くないんじゃないか。空気の悪い東京より増しだと思うけど」

「わたしに、小泉節子さんになれって言いたいわけね。大手出版社の入社試験の倍率教えてあげようか」

「最難関は百も承知だけど、東京へ戻ってくるまでに二、三年はかかるだろうな」
二、三年で済むとは到底思えなかった。四、五年は覚悟しなければならない。
「二、三年なんてすぐじゃない。わたし待ってる。月に一度ぐらいは逢えるんでしょ」

「東京と松江を行ったり来たりすれば、二度は逢えるんじゃないかな。だけど、僕は結婚してくれたほうがありがたい」

「無理よ」

明日香は短く言って、きつい目で友部をとらえた。学生時代もそうだったが、束ねていた長い髪が乱れた。

「きょう家を出るとき、おふくろからきみのことを訊かれたよ。ひと月以上逢ってないものな」

明日香は、宮前の家に何度か来ていた。友部も、横浜の草野家を訪問したことが三度ある。

「わたしたちって、結婚してるのと同じなんじゃないかなぁ。入籍するとかしないとか、小難しく考えないで、いまのままでいいと思う」

「東京と松江を行ったり来たりか。僕は、独りっ子だから、早く結婚して、最低三人は子供を欲しいと思ってるんだ」

「冗談じゃないわ。いまどき、三人も子供を産むなんて。わたしは、一人も欲しくない」

「それこそ冗談言うなよ」

友部は顔色を変えて、明日香を睨みつけた。

「夫婦喧嘩は犬も食わないって言うけど、きょうはここまでにしましょう。ただし、子供のことで譲歩するつもりはないからね。はっきり言わせてもらうわ」

「そうなると、ちょっと問題なんじゃないか」

「〝離婚〟したいっていうこと」

明日香が強い目で見返してきた。

友部は伏し目になった。

明日香ほどの女性はそうはいない。惚れた弱みもあるが、ここはひとまず白旗を掲げざるを得ない――。

「〝離婚〟ねぇ。その選択肢だけはないと思うけど、子供のことはいま決める必要はないんじゃないか」

「永遠にないと思う」

可愛くないな、と中っ腹だったが、いまは明日香を抱きたい一心だった。

「腹が減ったな。ルームサービスでなにか食べよう」

客室に入るなり、熱いハグとディープキスはいつもながらだが、胸のときめきが薄いように友部には思えた。

明日香は、それどころではなかった。やにわに、友部を突き放したのだ。

「きょうは、そんな気になれないわ。仕事が忙しいから帰る。夕方、編集部で会議があるの」

呆気に取られている友部を尻目に、明日香は客室から飛び出した。引き止める間もないほど素早い行動で、明日香の表情を読み取る間もなかった。

第三章　松江支社

1

東都生命松江支社長の河上規夫は、非慶応系だったが、明るい性格と偉ぶらない態度で部下に接するせいか、セールス・レディたちの受けもよかった。

率先垂範《そっせんすいはん》型で、行動力も抜群だった。支社長専用車も運転手を使わずに、自分で運転し、どこへでも出向く。支部回りもマメにやっていた。松江支社の士気は向上し、営業成績に反映されるのも当然だと、友部陽平は思ったものだ。

草野明日香に失恋して、滅入っていた友部にとって、河上との出会いは、どれほど励みになったか、分からない。

友部の名刺の肩書に初めて「指導主任」が付いた。

河上は個人的に友部の歓迎会を市街地の一杯飲み屋で設けてくれたが、ビールで乾杯したあとでさりげなく話した言葉が友部の印象に残った。

「きみは将来を嘱望《しょくぼう》されている。本社の藤田人事課長がわざわざ電話をかけてきて、鍛えてやってください、河上さんにあずければ安心ですって言われたよ。わたしを引き回すぐらい気合いを入れて頑張ってもらいたいな」

友部は〝もてる男の10条件〟の件も河上に伝わっているのかと気を回したが、河上が触れなかったので、自分から口にするのははばかられた。

「安東社長は遅れてきたトップとでもいうか、六十歳間近で社長になったのは遅咲きだが、ヤル気満々だ。若い頃から営業部門で活躍した人だが、さっそくトップセールスで猛烈な牽引車ぶりを発揮して、われわれに範を示されている。東都生命は昔年の栄光を取り戻すような期待感で、営業現場も張り切らざるを得ない。『負け犬になるな』が社長の口癖だが、同業他社の東都に対する警戒心のようなものが、松江の片田舎にいても分かるくらいだから、企業はリーダーによって、変るんだろうな」

「本社にいたときに先輩から聞いた話ですが、東都の最大のウィークポイントは、政治力がない点なんですか。このことは生保業界全体についても言えることですが。銀行や証券に比べてパワーが弱いと思うんです。わけても東都はそうなんですかねぇ」

「それは言えるかもしれないね。特に大日生命は、政治家やＭＯＦ（大蔵省）との結びつきでプラスになっている面がそれなりにあるからなぁ。松江支社長にまで、東都を支援してくれる有力政治家候補を探し出すように心がけろと本社から指示が出されている。このことはトップ層の危機感の表れと言えるんじゃないかな」

河上がビールの酌《しゃく》をしながら、真顔でつづけた。

「友部もいっぱしの東都マンなんだから、有力政治家について考えがあったら具申してもらいたいな」

「入社二年生のわたしのような若造には無理ですよ」

「それもそうだな」

自分のグラスにもビール瓶《びん》を傾けながら、河上はカラカラと高笑いした。

友部はからかわれているのだと気づいてホッとしたが、河上の言葉は頭の隅に残った。

2

友部は、ブルーバードの中古車を買って、土日はセールスに専念した。

平日はセールス・レディの日誌のチェックなどのデスクワークに忙殺されて、ほとんど営業活動をする時間がなかった。

市内でパチンコ店をチェーンで経営している男の存在を聞きつけて、ダメモトでぶつかってみようと考えたのは六月中旬のことだ。

日曜日の午後、ブルーバードを有料駐車場に置いて、大型パチンコ店を訪問したとき、ワイシャツ姿で長髪の若い男が三人の不良だか与太者に小突かれながら、店から出てくる場面に遭遇した。そのうちの一人はパンチパーマで、目付きの悪さから本物のヤクザかもしれないとの思いで、友部は一瞬気持ちが怯んだが、見過ごすわけにもいかないという思いのほうが勝っていた。

若い男は路地に連れ込まれた。

「財布を出さんかい。ちょっと用だてろ言うてるだけのことや。おまえが万札でパチンコ玉買うたのを見とる。二、三枚、貸さんか」

パンチパーマの男が若い男に右手を広げて突き出した。

若い男はボストンバッグの中から、ふるえる手で財布を取り出した。パンチパーマがそれをひったくって、尻のポケットに入れようとした手を背後から接近した友部の手が捻りながら摑んで、財布を取り返した。

「痛てぇ！　なにするんや」

「あなた方、こんな青年をいじめて、恥ずかしいとは思わないのですか」

ぎょっとした目が友部に集まった。

ネクタイ姿で、スーツ姿の友部を見て安心したのか、パンチパーマが凄《すご》んだ。

「余計な口出しせんほうが身のためとちゃうか」

友部は青年を抱えながら、路地の奥へ進んだ。

積み上げられた薪《まき》を友部の目がとらえたのは、パンチパーマの手を捻り上げる前だ。

友部は手頃な一本を取りながら、青年に財布を手渡した。

「急いで帰りなさい。あとはまかせて」

青年を追いかけようとした別の男の肩を友部の右手の薪が叩いた。手加減しているつもりだったが、男は悲鳴をあげて、へたり込んだ。

パンチパーマの右手にジャックナイフが握られているのを確かめながら、友部はにやっと笑みを浮かべた。

「そのナイフをしまったほうがよろしいんじゃないですか。わたしがいくら暴れても、正当防衛で済みます。本気にならないうちに、しまいなさい」

パンチパーマが友部の忠告に従うはずはなかった。

ナイフを両手で持って、躰ごとぶつかろうとするのを、友部はなんなく躱《かわ》し、振り向きざま両手首めがけて薪を振り下ろした。

「ぎゃあ！」

ナイフが地面に落ちた。

「骨折してるでしょう。病院へ連れて行きなさい」

三人とも脅え切った顔で友部から離れた。

パンチパーマは二人の男の肩にぶら下がり、引き摺られて行った。

友部はジャックナイフを拾って、二つに折った。悪党共に返すことも考えたが、証拠品として保持しておこうと思い直した。

友部は、パチンコ店に戻って営業活動することを放棄して、駐車場へ向かった。

友部がブルーバードの運転席でハンドルを握ったとき、助手席のガラス窓をノックされた。

先刻の青年だった。

友部は助手席の窓を開けた。

「まだこんなところでうろうろしてたのか。危険じゃないか」

「ドアを開けてください。ひと言お礼を言いたかったんです」

「乗りたまえ」

青年が助手席に乗り込んできた。

「さっきの三人組は本物のヤクザなのか」

「違うと思います。パチプロなんじゃないでしょうか」

「きみは、あのパチンコ店の常連なのかね」

「いいえ。きょうで三回目です」

「パチプロがあんな暴力沙汰に及ぶとは考えにくいが」

「よく分かりませんが、僕が目障りだったのだろうと思います。生意気な奴だと思われたのではないでしょうか」

出雲訛《いずもなまり》は隠せないが、丁寧なもの言いに、友部は感心した。

「部厚い財布を見せびらかされて、彼らの癇に障ったということなんだな」

「そうかもしれません」

「わたしの名前は友部陽平。東都生命松江支社の者だ」

「島田《しまだ》光男《みつお》です」

「学生さん？」

「高二です」

「まだ少年じゃないの。パチンコ店に出入りするなんて悪い料簡だな」

「二度とパチンコはしません。きょうで懲りました」

「それはそうだろう。パチプロに仕返しされたら、えらいことだ」

「友部さんは大丈夫でしょうか」

「ジャックナイフをあずかってるから、警察に届けるよ。多分仕返しはないと思うが、せいぜい用心するとしよう」

「もう一本横に入った路地から、ずっと見てました。あっという間に三人が降参したので、びっくりしました。まだ心臓がドキドキしてます」

光男は眼を輝かせ、生唾《なまつば》を呑み込んで、つづけた。

「友部さんはどうして、あんなに強いのですか」

「剣道をやってるからねぇ。これでも三段だよ。ジャックナイフを持ち出されなかったら、わたしが罰せられる立場だ。わたしが出しゃばらなかったら、きみは財布を取り上げられてたと思うが、いくら入ってたんだ？」

「六万三千円です。パチンコ店で七千円すりました」

「お金持ちなんだねぇ」

高二の少年が七万円も。信じられない。親の顔が見たいくらいだ――。

「ご両親の職業を訊いていいかな」

「料亭旅館を経営してます。玉造温泉の湯元で、陽光園といいます」

友部の頭にひらめくものがあった。

「これからどうするの」

「家に帰ります」

「じゃあ、送ろう。人助けのついでにな」

「よろしいんですか」

「いいとも。ご両親にひと言ぐらい言わせてもらってもバチは当たらないだろう」

「はい。僕もありのままを母に話します」

「お父さんには話さないのか」

「父は仕事で大阪に行って、きょうは帰りません」

ブルーバードがようやく発車した。

3

陽光園は、玉造温泉でも一、二を争う老舗旅館として聞こえていた。

旅館の裏手に、島田家の豪邸があった。

友部は、島田光男に和室の客間に案内された。

お手伝いさんの中年女性が冷たい緑茶を運んできた。

時計を見ると午後三時五分過ぎだった。

女将で、光男の母親の優子《ゆうこ》が着物姿で現れるまで二十分ほど待たされた。むろん光男も一緒だ。

「えらいお待たせしまして、申し訳ございません。仕事着に着替えながら、光男から一部始終を聞かせてもらいました。なんとお礼を申し上げてよいか分かりません。まかり間違えば、光男は殺されていたかもしれません」

「光男君の態度は従順でしたから、そこまではあり得なかったでしょう。問題は光男君がパチンコ店に出入りしていた事実です。失礼ながらご両親が甘やかしていたとしか思えません」

「おっしゃるとおりです。きつーくお説教し二度とこのようなことのないように誓約書を書かせます。光男は、友達のお家に、勉強に行くと言って、出かけたのですが、それがパチンコ屋なんて、夢にも思いませんでした。申し遅れました。陽光園の女将をしております島田優子です。今後ともよろしくお願い申し上げます」

優子から角に丸みのある小ぶりの名刺を差し出され、友部も名刺入れを背広の内ポケットから出した。

「東都生命の友部陽平です。六月一日から松江支社勤務になりました」

「東都生命さんですか。安東社長様が三年ほど前、たしか専務様のときだったと記憶しておりますが、会社の方とお三人で一度いらしてくださったことがございます。真冬の寒い時期で、松葉《まつば》蟹《がに》の美味しいときでございました。気さくな方で、料理が美味しいことを大変褒めてくださいました」

「安東が社長になりましてから、従業員の士気が上がっています。わたしはまだ若造ですが、安東社長のためなら水火も辞さない、そんな気持ちにさせられています」

友部はうつむけていた思案顔を引き締めて、まっすぐ優子をとらえた。美しい顔だ。薄化粧なことも悪くない——。

草野明日香を髣髴《ほうふつ》とさせる面立ちに、友部はドキッとしながらも、頭をひと振りして、表情をいっそう引き締めた。

「厚かましいお願いで恐縮ですが、最前女将は『なんとお礼を申し上げてよいか分かりません』と申されました。東都生命の保険に入っていただけないでしょうか。できましたら団体保険に入っていただければ、こんな嬉しいことはありません」

優子は「ホホホホッ」と笑って、ハンカチで口を押えた。

「さすが安東社長のお弟子さんだけのことはありますね。団体保険は、大日生命さんとの永いおつきあいがありますので、ご容赦ください。そのかわりと言ってはなんですが、わたくしが個人的になにか考えましょう」

「ありがとうございます」

友部はテーブルにひたいが付くほど低く頭を下げた。

「実は下心があって、光男君をお送りしたのです。自分の計算高さに、恥じ入っています」

「とんでもない。大切な跡取りのひとり息子を助けていただいたのです。そのぐらいのお礼は当然です。これをきっかけに、光男が勉強に力を入れてくれれば嬉しいのですが」

優子から目を向けられて、光男が首をすぼめた。

「いま、ふと思いついたことですが、わたしに家庭教師をやらせていただくのはいかがでしょうか。英数国、なんでも対応できると思いますが、特に英語には自信があります」

「まあ」

優子は、友部の意外な申し出に目を丸くした。

「失礼ですが、友部さまは、大学はどこのご出身でございますか」

「慶応の経済です。ですから数学もそこそこ出来ます。英語に自信があると申し上げたのは、帰国子女で、小・中学校時代を海外で過ごしたからです」

「そんな夢みたいなことを……。ほんとうによろしいのですか」

「光男君はどう考えてるのかな」

「すごーく嬉しいです。友部さんが先生なら、ヤル気が出てくると思います」

「じゃあ決まりだ。土曜日か日曜日の一時間か一時間半。わたしの社宅に来てもらってもいいし、わたしがここに伺ってもけっこうです」

「友部さま。お手当はどのくらい。こういうことは事務的であるべきだと思いますので」

「保険契約をしていただく見返りと考えてください。もちろん無料、ボランティアです」

「そんな」

「ご心配なく」

友部は視線を優子から光男に移した。

「わたしのことを家庭教師などと堅苦しく考えないで、兄貴ぐらいに思ったら、お互い気楽じゃないか。きみはもともとポテンシャリティは高そうだ。パチンコ店に出入りするようなナマケ癖を直して、あとはわたしにまかせてくれれば、偏差値をぐーんと上げられると思う」

友部の視線が優子に移った。

「自信はあります。ほんとうに、おまかせください」

優子のうっとりした目に、友部は伏し目になった。

「きょうは、なんと幸運な日なのでしょうか。友部さまのようなお方に出会えた光男は、ほんとうに幸せです」

「僕もラッキーだと思う。ツイてるよ」

光男が優しい二重瞼《ふたえまぶた》の目を輝かせた。

友部が光男の肩に右手を乗せた。

「光男君、ついでに言いますが、その長髪なんとかならないのか。老舗旅館のぼんぼんとして、そぐわないと思うよ。うっとうしいというか、暑苦しいだろう」

「丸坊主にならなければ、家庭教師を断られるんですか」

光男が頬をふくらませた。

「そこまでは言わない。短髪にしたほうが似合うんじゃないかな」

「分かりました。そうします」

「素直だね。ますます気に入った」

優子がいっそう大きな目を見張った。

「わたくしが何度注意しても聞かなかったことを……。友部さまのひと言で。信じられません」

「次に会うときは、すっきりした光男君になってるわけだね」

友部に笑顔を向けられて、光男がはにかんだような照れ笑いを浮かべた。

4

島田優子は五千万円の終身保険の契約に応じてくれた。受取人は光男だった。契約の手続きやら、メディカルチェックなどの関係で、友部は三度も島田邸に出向かなければならなかったが、入社後初めての営業でホームランをかっ飛ばしたことは間違いなかった。

光男は家庭教師初日に、見違えるような短髪のすっきりした風体で現れた。

週一の家庭教師も光男の聞き分けの良さ、頭脳明晰ぶりによって、成果は上々だった。

英語に注力し、たまに数学も教えたが、担任の教師が人が変ったような光男の学力向上ぶりに驚くのも当然だった。

九月三日の土曜日、友部は初めて、家庭教師で島田邸に参上し、光男の相手をしたあと、遅い時間の夕食をご馳走になった。その日が光男の誕生日だったからだ。

陽光園社長の島田律朗《りつろう》も会食に加わった。

友部にとって初めて分かったことだが、島田律朗は婿養子で、元は番頭だった。年齢は律朗が四十五歳、優子は四十二歳。

優子の両親は、すでに他界していた。律朗は、養子とは思われぬほど、泰然としているところに、友部は魅了された。

贅の限りを尽くしたディナーを終え、緑茶を飲んでいるとき、友部が律朗に訊いた。

「島根県が生んだ政治家で高名な竹山正登さんをご存じですか」

「もちろん、存じ上げてます。一国の宰相の器でしょう。遠からず総理大臣になられるお方だと思います」

「竹山先生をご紹介していただくわけには参りませんでしょうか」

端正な律朗の顔に苦笑が滲《にじ》んだ。そして優子と顔を見合わせながら、訊き返した。

「竹山先生を友部さんにですか」

「とんでもないことです。東都生命の安東社長にです。安東は経営者としてパワーがあります。必ず竹山先生のお役に立てると思いますが」

「なるほど。安東社長にですか」

律朗は合点がいったとみえ、微笑を浮かべた。

「その前に島根県会議員の青野乾治《けんじ》先生をご紹介しましょう。竹山先生は大蔵大臣で大物であり過ぎますから、城代家老の青野先生に仲介の労を執っていただくのがよろしいと思いますよ」

「青野先生ですか」

初めて聞く名前だった。友部は、県議会議員まで知る必要はないと思っていたふしもある。

「県議会議員の超大物で、今年四月の選挙で五期目の当選を果たされました。竹山先生の城代家老に甘んじている人ではありません。やがては国政に携わることになるんじゃないでしょうか」

優子が口を挟んだ。

「あなた。青野先生でしたら、ウチの旅館にもちょくちょくお見えになるのですから、友部さまにご紹介してさしあげても、よろしいんじゃないですか。友部さまは、お若いけれどわが家の恩人なのですから」

光男も優子に加勢した。

「あの先生は、会うと『坊主大きくなったなぁ』って頭を撫でてくれるよ。お父さん、ぜひ友部先生に紹介してあげてください」

「分かった。いいだろう」

律朗は胸を叩いたが、友部が右手を振った。

「恐れ多いことです。ぜひとも松江支社長の河上にご紹介ください。わたしごときでは、若造過ぎて青野先生に失礼ですよ」

「それなら、河上さまと友部さま、お二人ご一緒でよろしいじゃないですか」

「立場立場がございます。わたしはご遠慮させていただきます。河上支社長をよろしくお願いします」

律朗と優子がふたたび顔を見合せた。

「友部さんは、お若いのに出来た人ですね。感服しました。光男の成績がクラスで一、二を争うまで急上昇したのも、友部さんのお陰です。ありがとうございます」

三人に頭を下げられて、友部は悪い気がしなかったが、赤面して返した。

「帰するところ、光男君の素質がいかに素晴らしいかの一語に尽きます。わたしは光男君の潜在能力を引き出すのに、ほんの少々力をお貸ししているだけのことです」

「違いますよ。友部先生の教え方が凄いんです」

「光男もいっぱしの口がきけるようになったな」

律朗に肩を叩かれて、光男が頭を掻いた。

優子が口に運びかけた湯呑み茶碗をテーブルに戻した。

「友部さまにお願いがあるのですが、聞いていただけますか」

「どうぞ。わたしでお役にたてることでしたら、なんなりと」

「実は宍道湖《しんじこ》温泉で旅館を経営している親友から、光男の話を聞いて、ダメモトで友部先生に家庭教師をお願いしてみて欲しいと頼まれました。女の子ですが光男より一つ下で高一です。お礼はなんでもします。保険にも入りますし、お手当も弾むと申してました」

「喜んでお受けします」

友部は間髪を容れずに応えた。

「ほんとですか。いま、電話をしてよろしいですか」

「はい。かまいません。保険はぜひお願いします。もちろんボランティアでけっこうです」

優子はその場で受話器を取って、番号をプッシュした。

「もしもし、陽光園の優子ですが。幸子《さちこ》女将をお願いします」

優子が受話器に左の掌《てのひら》で蓋《ふた》をして、嬉しそうに言った。

「幸子さん、喜びますよ」

「はい。幸子です」

「例の件、ＯＫよ」

「例の件って？」

「決まってるじゃありませんか。家庭教師の件ですよ」

「ほんとなの」

「いま、ここに友部先生がいらっしゃいます。なんなら替りましょうか」

「ほんとうなのね。お願い。替ってちょうだい。せめてお声だけでも聞かせていただきたいわ」

「友部先生、お手数ですが、電話に出ていただけますか」

「はい」

受話器が優子から友部に移動した。

「こんばんは。友部と申します」

「優子女将から、大変な朗報をお聞きしましたが、信じてよろしいんでしょうか」

「もちろんです。喜んでお受けさせていただきます」

「いつ、いらしていただけますか。わたくし共は、早ければ早いほど嬉しいのですけれど」

「それでは、あすの日曜日にお邪魔します。時間はそちらでご指示願います。何時でもけっこうです」

「お言葉に甘えさせていただきます。午後二時から三時の間にお願いしてよろしいでしょうか」

「承りました。それでは午後二時過ぎにお伺いします。少々お待ちください」

優子が受話器を欲しがるのが友部の目に映った。

「もしもし」

「優子、ありがとう。ほんとうにありがとうございます。バンザイをしたい心境です」

「どうぞ。いくらでもバンザイをしてください」

「主人と、まどかに報告しなくちゃ。持つべきは親友ね。じゃあ、お休みなさい。きょうのあしたなんて夢みたい。わくわくしてきたわ」

「お休みなさい」

電話を切った優子の顔が興奮と高揚感で真っ赤に染まっていた。

「あなた。幸子の喜びようといったら、なかったわ。夢みたいとか、わくわくしてきたとか言ってました」

「いま頃、バンザイをしてるのかねぇ。なにか勘違いしてるような気がせんでもないが」

「いくらなんでもバンザイはオーバーですよ。ただ、そんなに喜んでいただけて嬉しいです」

話しながら、友部はバンザイをしたいのは僕のほうだとの思いを深めていた。

「わたくしには幸子の気持ちがよく分かります。二人娘の長女の成績について、年中こぼされてましたから」

「お役に立てればよろしいのですが」

友部は少し心配になってきた。

要は素質のいかんだ。いくら磨いても輝かないケースもあり得る。付けるクスリのない莫迦だったら、手の打ちようがないとも考えられぬでもなかったが……。

5

結果的に、友部の心配は杞憂に終った。

それどころか、島田優子とは比較にならないほどの大ホームランを放ったのだ。

宍道湖の老舗旅館〝芳乃家〟の女将、芳野幸子は個人的に高額の保険に入ってくれたうえに、団体保険にも加入してくれたのだ。

団体保険で、別の生保とトラブルになっていたため、東都生命に鞍替えしてくれたのだ。

「研修時代に先輩に教えられたことですが、東都生命は大正十二年の関東大震災の被災者に対して、迅速に保険金を支払い、世間一般から高い評価を受けたそうです」

友部がトラブルの話を聞いたとき放ったせりふが、幸子女将の胸に響いたとも考えられる。

幸子女将はコケティッシュで、フェロモンを撒き散らしているような危さを秘めているように、友部の目に映った。気のせいかもしれない。考え過ぎだろうと友部は思うことにしたが、初対面でウィンクされたのだから、気のせいではなかった。

「娘がお世話になるお返しを考えさせてください」

ウィンクのあとで、ここまで言われたら、友部ならずとも気を回して当然だ。

「とんでもない。保険の契約で、お返しはたくさんしていただくことになっています」

友部が真顔で言い返すと、幸子はふたたび大きなウィンクをした。

芳野宅の客間は、二人きりだった。肝心の長女のまどかは、部活とかで不在だった。

「友部先生は恋人はいらっしゃるの」

「学生時代から、つきあってた女性に振られました。いま現在はいません」

「お若いのに、ご不自由されてるのね。わたしでよろしかったら、いつでも恋人役になってさしあげます。わたしのようなおばさんは嫌いですか。わたしは、友部先生のような男臭い男性が大好きなの。友部先生の武勇伝は、優子から聞いてますけど、きょう初めてお会いしたとき、想像どおりの方だったので嬉しくて嬉しくて、気が変になりそうです」

初対面で、ここまで言うとは、アブノーマルとしか思えない。保険のことがなければ、逃げ出したいくらいだ。

友部はしかめっ面で返した。

「仕事が忙しいので、元恋人のことも忘れられましたし、女性に無関心でいられます。とりあえずはお嬢さんの勉強のコーチ役に徹しさせていただきます」

「娘は娘、わたしはわたしで、別問題ですよ」

「ご主人はお留守なのですか」

「きのうから東京へ行ってます。組合の寄り合いとか言ってましたけど、浮気旅行に決まってますよ」

幸子はきっとした顔になった。その表情が色っぽいというか、婀娜《あだ》っぽく、友部は背筋がぞくっとなった。

幸子は着物姿ではなく、薄紫色のワンピースを着ていたが、目のやり場に当惑するほど胸が厚く量感があった。

「まどかも妹の芙美も、夕食はいらないと言ってましたから、帰りは遅いと思います。おねだりするチャンスと思いますけど」

「ありがたいお話ですが、初対面で、しかも仕事で参上させていただいたのです」

「お仕事のお話はもう終りました。初対面でいけないという法はないと思います。男女間で一目惚れは、よくあることではありませんか」

友部は押されっ放しだった。勃然とした気持ちにならないほうがどうかしている。

「そろそろ三時ですが、女将としてのお仕事のほうはよろしいのですか」

「ご心配なく。五時まで、わたしの出番はありません」

「胸がドキドキしています。しかし、きょうのところはどうかご容赦ください。四時に松江支社で、支社長と打ち合せをすることになっているものですから」

事実だった。

「まあ」

幸子は絶句した。

「それでは、お嬢さんに、来週の土曜の午後か日曜日の午前中に社宅へ電話するようにお伝えください。住所と電話番号をメモしてきました」

友部はメモを幸子に手渡した。そのとき両手でぎゅっと握り締められた。

「次のチャンスを愉しみに待ってます」

幸子は、友部に躰を密着させて、口付けしてきた。乳房を押しつけられて、友部は目がくらくらした。下腹部の高まりを幸子に気づかれないはずはなかった。

勝手口で、友部が事務的な口調で言った。

「来週、書類のことなどでお時間をいただくことになると思います。ご都合のよろしい時間をお教え願えますか」

「きょうと同じで、二時から三時までの時間でしたら、いつでもけっこうよ。あなたにお目にかかるだけで、幸福感に浸れるような気がしますし、気持ちが弾んで、若返った思いになれるのも、嬉しいわ」

「恐れ入ります」

友部は低頭した。

帰りのブルーバードの中で、友部は名状し難い思いにとらわれていた。

こんなことがあっていいのだろうか。芳野幸子と男女関係が生じたとして、隠し切れるだろうか。それはリスキィであり過ぎる。なんとしても回避しなければならない。

だが、その自信がゆらいでいることも確かだった。

6

友部のブルーバードが松江支社に着いたのは、午後三時四十五分だった。

松江支社は市内の中心部にある。四階建ての自社ビルで、一階は政府系金融機関に賃貸していた。

二階から四階までを、松江支社と松江支部が占めていた。

友部はビルの裏手の駐車場の指定個所にブルーバードを止めた。簡易なトタン屋根が付いている。

四階の支社長室兼応接室で、河上は先に来て、友部を待っていた。河上はワイシャツ姿だが、ネクタイを着用していた。背広がソファの脇に置かれているところを見ると、ひと仕事してきたとも思える。

河上がにこやかに切り出した。

「昨夜の電話で、至急会いたいということだったので、日曜日に来てもらったが、そんなに急ぐことなのかね」

「昨夜は遅い時間に申し訳ありませんでした。お酒も入っていて興奮してたものですから。考えてみれば、あしたでもよかったと思います」

「用件を聞かせてもらおうか」

「けさ、レポートにしましたので、ご覧ください」

友部は通常どおりに六時に目覚めたので、島田律朗、優子夫妻から聞いた青野乾治県議会議員と竹山正登大蔵大臣の関係をレポートにまとめておいたのだ。

河上は手書きのレポートに目を走らせた。

「分かりやすくまとめてあるな。青野議員が、島田さんと昵懇《じっこん》の仲とは知らなかった。しかも、わたしにいつでも紹介してくれるとは、親切な人たちだね。すべては、友部が島田さんのご子息の家庭教師を買って出てくれたお陰だ。実に見事な提案だと思う。さっそく本社の上層部に進言したいが、安東社長がこの話に乗ってこないとは考えられないから、青野先生と日程調整を進めてもらって、いいんじゃないだろうか」

「失礼ながら申し上げますが、安東社長のご都合をお聞きするのが先ではないでしょうか。万々一、その必要はないと社長におっしゃられたときのこともカウントしておくべきだと存じますが」

「ううーん」

河上は温容をしかめて、腕組みした。

「そうだな。ひと月ほど先の社長の日程を把握するのが先かねぇ。とにかく、営業担当常務の浜岡さんに、友部のレポートを添えて、速達を出すとしよう。大物政治家を味方につけることは、東都にとっても、生保全体にとっても喫緊の課題だから、反応は早いと思う」

「レポートには書きませんでしたが、竹山大蔵大臣は、遠からず一国の宰相になるお方だと島田社長は申されました」

「そこまではどうだろうか。身びいきが過ぎるようにも思えるが」

「はい。わたしもそう思いますが、総理は無理だとしても、実力者であることは確かなんじゃないでしょうか」

「現職の大蔵大臣なんだから、それは間違いない。大正から昭和になったときの首相の若槻禮次郎は、島根県出身だが、ひょっとすると竹山大臣は島根が生んだ二代目の首相になるかもな」

河上が話題を変えた。

「スーツを着てるが、きょうも仕事だったのかね」

「はい。まだご報告できませんが、近く実を結ぶかもしれません。失礼します」

友部は背広を脱いだ。顔が火照るほど気持ちが高ぶっていたが、芳野幸子の件を河上に話すのはまだ早い。幸子の心変りも考えられなくはないし、亭主に反対されたら、それまでかもしれない。

「友部が松江支社に来てくれたお陰で、相当なインセンティブをもたらした。わたしも支社長として鼻が高い。これからも期待してるからな」

「河上支社長が、支社、支部のヤル気を引き出してくださったのです。わたしは営業一年生で、河上支社長に出会えてハッピィです」

「お世辞と分かってても、悪い気はしない。ましてや友部は若手のエース格だから、なおさら嬉しいよ」

「エース格どころか、ズッコケもいいところです。しかし、そのお陰で河上支社長との出会いがあったのだと思います」

「友部が運動場のことで社長に直訴したことは、もちろん承知してるが、それはズッコケどころか、その逆だ。だからこそ人事課長がわざわざ電話をかけてきたんじゃないのかな」

「どうも」

友部は中腰になって、低頭した。

安東太郎と青野乾治の会食は、九月下旬に実現し、青野の計らいで十月には東京で竹山正登との会見も許された。東都生命は大物政治家を味方につけることに成功したと言える。

7

友部が芳野幸子から松江市郊外のラブホテルに呼びつけられたのは、九月二十三日金曜日の夜九時過ぎのことだ。すでに保険は契約済みだったので、断って断れないこともなかったが、魚心あれば水心で、友部もその気になっていた。

友部も幸子もタクシーを飛ばしてラブホテルのベッドルームで落ち合った。

二子を生《な》したが、四十二歳とは思えない幸子の裸体は、息を呑むほどきれいだった。

二人は燃えに燃えた。

特に友部にとって数ヵ月ぶりの女性である。

内心インポテンツになったのではないかと恐れていたが、草野明日香を忘れるほど幸子は身も心もとろかしてくれた。

「想像以上に、友部先生は素敵よ。ずっと、あなたとこうなることを願っていたの。優子からあなたの話を聞いたとき、必ずこうなると決めてたのよ」

「お目にかかる前からですか」

「そうよ」

「お嬢さんから連絡がありませんが、どうされたんですか」

「娘が高二になってから、お願いすることにしました。そのほうが区切りがいいでしょ」

「お嬢さんの家庭教師は、二の次だったんですか」

「もちろんよ」

躰を交えながら、こんな会話ができることが不思議だったが、四度目の交合で狎《な》れ切ってしまったせいもあるのだろうか。

「ご主人にバレたら一巻の終りですね。今夜限りにしましょう」

「それって、本気なの」

「ええ。危険きわまりないと思います。わたしも東都生命をクビになります」

「バレるはずがないでしょ」

「そうは思えません。幸子女将は、松江では有名人でもあるのですから」

「ご心配なく。その点は自信があるの。あなたに迷惑をかけることは絶対にありません」

「油断大敵です。こんな良い思いをさせていただくのは、一度で充分です」

「わたしは、そんなの厭です。ずっとあなたの恋人でいたい。あなたが松江支社に勤めている間はいいじゃないですか」

「いけません。今夜限りと心に誓って、やってきたんです。それも迷いに迷ったすえにですよ」

「お願いですから、そんなつれないことは言わないで」

「裏を返すっていう言葉がありますねぇ。あと一度だけ、ぜひお願いします」

幸子は返事をしなかった。

こんな良い女房を放ったらかしにしている亭主の気がしれない、と友部は思った。

先刻、シャワーを浴びてるとき、「主人とは三年も夫婦関係がないの」と、幸子は言った。それが事実かどうかは分からないが、たとえそれが半年だとしても、セックス好きの幸子にとって耐え難いことかもしれない。

十日ほど経って、別のラブホテルで二人は逢った。

前夜の電話のやりとりで、友部は「あしたが最後ですから」と念を押した。

「そうはいきません」

「でしたら、お断りします」

「とにかく、あしたの夜、来てください。お願いします」

「行きません」

「分かりました。とりあえず、裏を返すでけっこうよ」

この夜は前回以上に、燃えた。友部はこれが最後だからだと思った。

「わたし、東京に実母がいるんです。体調を崩して、一度来てくれって言われてるの。あと一度だけ、東京でデートしましょう。それなら妥協できるでしょ」

「出張扱いとはいきませんけど、なんとか有給休暇を取るようにします。幸子女将は江戸っ子なんですか」

「そうよ。優子は松江の人ですけど。東京の女子大でクラスメートだったの」

「なるほど。それで優子女将とイントネーションが違うんですね」

「優子に、あなたとのこと話したくて、口がむずむずしてるの。あの人のことだから分かってくれると思うけど」

友部の心臓がドキッと音を立てて、へこんだ。冗談じゃない。この女はなにを考えてるんだろう。

「幸子女将と優子女将の友情が、だいなしになりますよ。分かってくれるはずがありません。優子女将の気持ちをかきまわすだけのことです。わたしは光男君の家庭教師でもあるんですよ。そんな危険な考え方をする人と東京へ行く気になれませんね」

友部は怒り心頭に発し、引き攣った顔で帰り仕度を始めた。

「ちょっと待って。ご免なさい。謝ります。少しいい気になってたかも。でも、あなたのことを自慢したいわたしの気持ち、少しは分かってもらえるんでしょ」

「分かりませんね。ぜんぜん分かりません」

「どうして、そんなに怒られるのかしら」

幸子はベッドから飛び降りて、着けたばかりのネクタイを外しにかかった。

「すっかり、さめてしまいました。あなたを抱く気にはなれません」

「まだ一度しかしてないのよ。そんな邪険にしないで」

幸子は跪《ひざまず》いて泣き崩れた。泣かれると、男は弱い。

友部はふたたび裸にされた。だが、機能が回復するまで、相当時間を要した。しゃぶられたり、オッパイをこすりつけられたりされて、やっと勃起したが、湧き立つものが乏しく、躰を交えていて到達しなかった。

三十分以上も、友部は上になったり下になったりした分、幸子のほうは幾度もオルガスムスに達したのか、盛大に発声し続けた。

友部は中折れこそなかったが、到達しなかった。草野明日香とも、一度だけなんてついぞなかったことだ。

「優子のことは忘れて。ご免なさい」

「優子女将には、どれほどお世話になっているか分かりません。幸子女将を紹介していただいたことを含めて、松江で最大の恩人です。その後も、二人もクライアントを紹介してくださいました。あなたとのことが伝わったら、僕は自殺したくなると思います」

「友部先生って、純真っていうかシャイな人なのね。わたしが悪うございました。ほんとうにご免なさい。東京行きのこと、諦めませんからね」

友部はどっちつかずに、小さくうなずいたが、断りたいとの思いを募らせていた。

8

友部と幸子の上京が実現したのは十一月に入ってからだ。

友部は母親の体調が勝れないことを理由に平日二日間の休暇を申請した。

「土日も返上して働き詰めに働いて、松江支社を有数の優良拠点にした功労者に、せめてものプレゼントをさせてもらおうか」

河上は出張扱いで、友部の上京を認めてくれた。

芳野幸子とのランデブー旅行だか感傷旅行だかに気が差して、友部は辞退したが、河上はお見舞いまでくれる気の遣いようで、辞退するどころではなかった。

出雲空港から羽田行きのフライトも別にして、友部はいったん宮前の実家に顔を出し、新宿のセンチュリーハイアット東京で、幸子と落ち合うことにした。ホテルをブッキングしたのは幸子で、友部は旧くさい言い方をすれば、若いツバメといったおもむきだ。

十一月三日木曜日の昼過ぎに宮前の実家に着いた友部は、母の富子から特上鮨の出前をふるまわれた。

友部は、松江支社勤務になってから、両親と何度か電話で話していたが、富子に必ず「明日香さんとはデートしてるの」と訊かれて、「まあね」といい加減な返事しかしていなかった。

鮨を食べながら、友部は明日香のことを富子に打ち明けようと肚をくくった。

「実はねぇ、明日香とは別れました。というより、振られたといったほうが正確だと思う」

「まあ。松江へ行ってから一度も逢ってないの」

「はい。それどころか手紙もくれないし、電話一本かけてきません。もっとも、僕も同じですけどね」

「あんなに仲良くしてて、どうしてそんなことになってしまったの。フィアンセだったんでしょ」

「人生観、価値観の問題ですかねぇ。五月の最後のデートで、結婚を申し込んだら、仕事を辞める気はないと言われました。しかも、子供を産むつもりはないとまで宣言されたので、それじゃあ結婚する意味がないと思ったわけですよ」

「いまは、そう思っているとしても、結婚したら、考えが変るかもしれないじゃないの」

「明日香は仕事が生き甲斐なんじゃないですか。半年近くも音信不通だっていうことは二人の関係が終ったっていうことですよ」

「それでほんとにいいの。よく平気でいられるわね」

「僕もけっこうさばさばしたもので、失恋の痛手なんて感じてません。仕事が忙しいせいもあると思いますけど、こんな簡単に割り切れるとは思いませんでした。去る者は日々に疎《うと》しですよ」

「お父さんが聞いたら、なんて言うかしら。にわかには信じられませんよ」

「明日香のことだから、新しい恋人ができたと思いますけど。引かれ者の小唄と聞こえるかもしれませんが、彼女は見かけとは違って尻は軽いほうなんじゃないかなぁ」

「そんなふしだらな女性には見えなかったけど」

「とにかく明日香とは終りました。以上ご報告まで」

友部は言いざま穴子を口へ放り込んだ。

富子がなにか言おうとするのを左手で制して、友部は穴子を食べ終え、緑茶を飲んだ。

「話題を変えましょう。仕事は順調過ぎるほど順調です。お父さんにもその旨伝えてください」

「土曜と日曜日はどうするんですか」

「人使いの荒い会社なので、研修所でいろいろ仕事があるんです。正月休みにゆっくりさせてもらいますよ」

友部は口から出まかせを言って、時計を見た。

まだ二時前だった。

芳野幸子は午後五時頃にはチェックインする手筈になっていた。

富子は特上鮨を半分以上も残した。

「こんな美味しいお鮨を食べないんですか」

「わたしはもうたくさん。明日香さんのことが気になって、喉を通らない。よかったら、食べて」

「勿体ないな。遠慮なくいただきます」

友部は、鮨桶を手元に寄せ、空っぽのほうをテーブルの隅にどけた。

「せっかく帰ってきたんだから、明日香さんに逢ったらどうなの。明日香さんほどの女性はそういませんよ。お父さんも、きっとがっかりすると思う」

「そんな気になれません。もう決着がついてるんです。明日香程度の女性はいくらでもいますよ」

「もしかして、松江で新しい恋人ができたの」

幸子を恋人と考えて考えられないこともないが、不倫、浮気以外のなにものでもない。一瞬とはいえ、男好きする幸子の顔が頭の隅をよぎったことが友部は不思議でならなかった。

「仕事に夢中で、それどころじゃないですよ。アルバイトに家庭教師もやってます。仕事の延長線上の話だから、アルバイトとは違うけど、こう見えても、松江支社始まって以来の大型新人とかポイントゲッターといわれてるくらいですから、われながら、よくやってると思ってますよ。明日香のことなんか忘却の彼方です」

「強がりとしか聞こえないのは、どうしてなのかしら」

「来年一月で二十四歳ですが、明日香にプロポーズしたのは間違っていたかもしれませんね。若過ぎました」

「でも、フィアンセだったことは事実なんでしょう」

「僕はそのつもりでしたが、明日香にとって僕は単なるボーイフレンドの一人だったかもしれない。あまりにも、あっけらかんとした別離でした。そうとしか思えないな」

友部は鮨をたいらげたあとで、札幌支社の宮坂雄造に電話をかけた。

「いま、宮前の実家に来てるが、宮坂のことを思い出して、電話をかけたんだ。元気にしてるんだろう」

「元気だよ。実家って、なにかあったのか」

「母が体調を崩して、心配だから見舞いに来たんだ。土日返上で働いてるから、支社長が出張扱いでOKしてくれたわけよ」

富子が唖然とした顔を向けてきたが、友部は電話に集中した。

「札幌は大型拠点だから大変だろう」

「土日返上はお互いさまだろう。支社長と副支社長にこき使われてるよ。営業マンをやらされないだけ増しだとか恩着せがましく言われてるが、ただの事務員は楽じゃないぞ」

「僕はもっぱら営業マンで、指導主任の肩書が泣く口だな」

「友部の活躍ぶりは、札幌支店にも聞こえてるぞ。支社長が、俺と逆だったらよかったたって悔しがってたくらいだ」

「営業マンをやらせてもらえば、宮坂のことだから、相当やるだろうに。宝の持ち腐れだな」

「自信たっぷりじゃないか。それも分かるよ」

「正月休みは帰京するんだろう」

「そのつもりだけど」

「だったら会おうよ。ズッコケ同士の誼みでな」

「おまえは、とっくに挽回したけど、俺はまだズッコケのままだ。えらい差をつけられたもんだな」

「人事は、初めからズッコケとは見てなかったと思うけど」

「それも引っかかるな。友部が羨ましいよ」

「羨ましい点があるとすれば、支社長の違いだろう。松江の河上支社長はリーダーとして凄い人だよ。松江支社を闘う集団に変えちゃったからなぁ」

「ウチは、神経質な人で、とてもじゃないよ。じゃあ、またな」

宮坂は唐突に電話を切った。上司に呼ばれたらしい。

「あなた、嘘をついて、東京に来たの？　わたしはこんなにぴんぴんしてるのに」

「お母さんが体調を崩したことにしたのは事実ですが、そうでもしなければ休みが取れないからですよ」

「わたしを病気にして、恋人の明日香さんに逢いに来たっていうことなら分かるけど」

「お母さんの顔を見たくなったのも事実ですよ」

「調子のいいことを言って。ほんとに明日香さんに逢ってらっしゃいよ」

「あり得ません。繰り返しますが、明日香は忘却の彼方です」

富子が深い吐息を洩らした。


芳野幸子が東京旅行で気持ちに区切りをつけてくれたのは、友部にとって勿怪《もっけ》のさいわいであった。ほかに恋人ができたのだろうか。

亭主とよりを戻したとも考えられる。

ゲスの勘繰りで、どっちでもいいことだ——。

一九八四年四月から、芳野まどかの家庭教師が社宅で始まった。日曜日の午後四時が島田光男だったので、友部はまどかは午後二時にしてもらった。

「英語だけお願いします。数学は自信がありますので」

まどかも賢い子だった。初日に三十分ほど雑談しただけで、友部はまどかの素質を見抜いた。

口のきき方も、光男よりずっと大人びていた。

「志望校はどこですか」

「奈良女子大です。わたしは理系志望なのですが、両親は文系にすべきだという意見です」

「お母さんは眼鏡をかけてないが、きみは近視なのかな」

「はい。父のＤＮＡです。ど近眼です」

まどかはプラスチック製の黒いフレームの眼鏡をかけていた。

母親の幸子と異なり、小づくりの顔なので、眼鏡がやけに大きく感じられた。

まどかは進学高校ですでに上位の成績だったので、英語力を向上させれば、奈良女子大はクリアできるだろうと友部は思った。

第四章　再会

1

友部陽平が三年間の松江支社勤務を終え、東京本社の法人営業部に転勤になったのは、一九八六（昭和六十一）年四月のことだ。

まだ二十六歳の平社員だが、二年後の八八年九月にハーバード大学に社費留学するチャンスに恵まれた。社内の選考委員会をなんなくクリアしたのだ。

ＭＢＡ（経営学修士）を取得して帰国したのは九〇年八月だが、関連事業部に課長代理で配属された。年齢は三十歳になっていた。

関連事業部は、東都生命の子会社などグループの関連会社を統括する部門である。

友部は、株式会社ミヤコスポーツセンターが一九八六年六月に営業を開始し、会員は約一千七百名で、高収益体質を確保していることを知って、ホッとしたものだ。一九九〇年四月、目黒のビルの一階と地下一階の全フロアに開設したスポーツクラブが大当たりで、ミヤコスポーツセンターの収益に寄与していたことが大きい。目黒のスポーツクラブはプール、アスレチックジム、スタジオ、サウナ、大浴場などを備えていた。

七年前の社長直訴のことが厭でも思い出されるが、いまは懐かしさが胸を満たしてくるから不思議だった。

同期の宮坂雄造も東京本社の法人営業部の課長代理で、一選抜グループにとどまっていた。

友部は十月六日の土曜日の午後、宮坂を誘って成城のミヤコスポーツセンターを訪問した。受付で名刺を出し、「プライベートで、見学に来ました。場内をぶらっと見せていただきます」と言うと、副支配人の中年男が出て来て、「ご案内させていただきます」と揉み手スタイルで申し出たので、「よろしくお願いします」と応じた。

「ゆったりした素晴らしいスポーツクラブだな。少なくとも日本ではナンバーワンだろう」

「従業員から取り上げた運動場が盛況でよかったよ」

桜並木を歩いているとき、キンモクセイの香りが漂ってきた。

「クラブの敷地には一万二千本もの花々や木々が植えられています。わけても桜のシーズンは見事で、お花見が楽しめます。木蓮、ハナミズキ、サツキ、サザンカ、アジサイ、ナツツバキ、サルスベリなど三十種ほどの花が咲く木々があるんです」

テニスコートへ向かうところで、友部は声をかけられた。

「陽平君じゃないの」

ラケットを手にしている、テニスウエア姿の女性は、母方の叔母、沢木《さわき》博江《ひろえ》だった。

「いつボストンから帰国したの？」

「八月です。母から聞いてませんでしたか」

「姉らしいなぁ。わたしと違って静かな人だから」

「それは失礼しました」

「眞平《しんぺい》さんも一緒だから、あとで挨拶ぐらいしてね」

「はい。いま三時二十分ですが、一時間後くらいでよろしいですか」

「そうね。お風呂にはいるから、ちょうどいいわ。お茶でもしましょう。じゃあ、四時半にレストランでね」

「友達も一緒ですが」

宮坂は、十メートルほど先で、副支配人と一緒にこっちを気にしていた。

「もちろん。いいわよ」

宮坂の笑顔に、博江も会釈した。

友部と宮坂はテニスコートを一巡したあと、一階のスカッシュ、プール、サウナ付きバスルーム、二階のアスレチックジム、スタジオ、メディカルサロン、別館にあるインドアのテニスコートとゴルフ練習場などをじっくり見学し、ラウンジ、メンバーズルームも覗かせてもらった。

「レストランは一般にも開放しております」

「ありがとうございました。レストランで待機してます」

時計を見ると、四時十五分過ぎだった。

二人は、副支配人と別れて、レストランのテーブルに並んで坐った。

「さっきの女性は誰なの」

「母方の叔母で、われわれの大学の大先輩でもあるんだ。医学部だから、ＩＱは相当違うけどな」

「叔母さん……。お歳は？」

「四十八か九だと思う」

「四十前後にしか見えないね」

「東海大学医学部の教授だよ。心臓内科の権威で、母にとって自慢の妹なんだ。僕の自慢でもある。後で話してみると分かるが、大先生なのに偉ぶったところがまったくないんだ。明るくて面倒みもいいしね。母は控えめな人だが、あの叔母は積極的で、おてんばとも言えるかな」

「おてんばはないだろう。カモシカのような足は相当なスポーツウーマンと見えたよ」

「医学部時代はゴルフ部だったんだ。母に言わせると、博江叔母さんは医学部に行かなければ、政治家になってただろうって。日本のサッチャーになってたかも」

「そんなに凄い人なんだ」

「慶応だけでなく、アメリカやヨーロッパの学会でも有名人で、しょっちゅう海外の学会に行ってるんだって」

友部が頰をさすりながら、つづけた。

「ついでに眞平叔父さんのことも説明させてくれるか。博江叔母さんの同期生で、山梨医科大学の教授なんだ。小児白血病の権威と聞いてる」

沢木夫妻が友部と宮坂の前にやってきた。

二人とも起立して、夫妻を迎えた。

「東都生命で同期入社の宮坂雄造君です」

「宮坂と申します。よろしくお願いします」

宮坂はこわばった顔で挨拶した。

「沢木です。よろしく」

沢木眞平はにこやかに応じた。大柄で、穏やかな顔だった。

「生ビールでも飲みましょうか」

「わたしは運転手だから、コーヒーにするわ。陽平君たちは？」

「生ビールをいただきます」

宮坂も小さくうなずいた。

「ピザもお願いね。どう。立派なスポーツクラブでしょう」

「特にテニスコートが素晴らしいですね。これほど整備されたスポーツクラブは、日本一どころか、世界に誇れるんじゃないですか」

「わたしたちもとっても気に入ってるの」

「叔母さん、実は七年前、このスポーツクラブの建設に、宮坂も僕も反対したんです。今日、ここを見学して安心しました」

友部が宮坂と顔を見合わせながら、話をつづけた。

「なんの説明もなしに、従業員の運動場を会社に取り上げられてしまったんです。でも、経営もうまくいってるようですし、これだけ高級なスポーツクラブでしたら、文句も言えません。レストランは一般にも開放していますし、環境も素晴らしい。このクラブは地域に根づいていることが実感できました。眞平叔父さんと博江叔母さんにお目にかかれたのもツイてました」

生ビールとコーヒー、ピザが運ばれてきた。

乾杯したあとで、沢木が訊いた。

「陽平君はいくつになりました？」

「三十歳です」

「フィアンセはどうなの。なんなら叔母さんが紹介するけど」

「ご心配なく。ご放念ください」

「ああ。そうなんだ。フィアンセはいるってことね」

宮坂が小首をかしげた。

「友部、どうなの？」

「いいから、いいから」

眞平が博江のほうへ首をねじった。

「余計な心配をしなくてもよさそうだな」

沢木夫妻と別れたあとで、友部と宮坂はくれなずむミヤコスポーツクラブのテニスコートの周りを一周した。

「ナイター施設も完備されてるんだ」

「テニスコートは木々でセパレートされていて、ゆったり作られているし、本館の建物は頑丈にできているよな。医務室なども見事なものだった」

「結果オーライでよかったよ」

「一選抜から脱落したって、悲嘆にくれていたのは、どこのどなたさまでしたかねぇ」

「あのとき、そう思わないほうがどうかしてるんじゃないのか。友部の神経のずぶとさには頭が下がるよ」

「…………」

「友部はボストンから青い目のブロンド美人を連れて帰ってくるんじゃないかって、噂してたが、そうはならなかったなぁ」

「社業と勉強が忙しくて、結婚どころではなかったからね」

宮坂は、札幌支社時代に同僚の女性と社内結婚した。長男は三歳、夫人は二人目を妊娠したという。

「でも、そろそろ身を固めてもいいんじゃないのか。東都生命の次代を担うホープなんだから、生涯独身を通すわけにもいかんだろう。わたしにまかせてもらえれば、粒よりの女性を紹介させてもらうよ」

「その気になったら、よろしく頼むよ」

友部は、草野明日香のきれいな笑顔を目に浮かべていた。明日香も三十路を迎えて、昔の俤《おもかげ》はないと思ったほうが無難かもしれない。

結婚したのかどうかも分からなかった。まだ独身で子供を産むつもりに気持ちを変えていたら、焼けぼっくいに火を点けてみる価値はある——。

2

その日友部が宮坂と別れたのは午後五時半だった。

友部は小田急線成城学園前駅近くの公衆電話から、横浜の草野家に電話をかけた。

明日香の母親が電話に出た。

「ご無沙汰してます。友部ですが、明日香さんはいらっしゃいますか」

「明日香は御茶ノ水のマンションに住んでいるんですよ。電話番号を申し上げましょうか」

「お願いします」

友部は明日香の電話番号をボールペンで手帳に書き取った。

電話をかけると明日香の声が聞こえた。

「もしもし、草野ですが」

「友部陽平です」

「まあ。どういう風の吹き回しなの。七年も音沙汰なかった人が……」

「それはお互いさまでしょう。僕は八月までボストンに行ってたんだ」

「海外勤務？」

「ハーバードでＭＢＡを取得するため。思ってたより簡単に資格が取れたよ」

草野だと名乗ったところをみると、明日香は独身と思える。ひと押ししてみようと友部は咄嗟に決心した。

「いまから逢わないか」

「いいわよ。あなたどこにいるの」

「小田急線の成城学園前駅の近く。新宿まで二、三十分ぐらいで行けると思う。京王プラザホテルで逢おうか」

「ＯＫ」

「客室をブッキングしてよろしいですか」

さすがに友部の胸はドキドキしていた。

十秒ほど返事がなかった。

「もしもし……」

「あなた酔っ払ってるの」

「友達と会って、生ビールを一杯飲んだだけだけど」

ふたたび短い沈黙になった。

「どうぞ」

「じゃあ二階の〝ブリアン〟というバーで待ってます」

友部の声がうわずった。

「分かったわ。一時間後に行きます」

友部は、京王プラザホテルで、ダブルベッドの客室をブッキングし、シャワーを浴びてから、〝ブリアン〟に行った。

ジンフィズを飲んでいるとき、明日香が現れた。

ベージュ色のワンピース姿で、ショルダーバッグを下げ、カーディガンを手にしていた。友部はスポーツシャツの上にジャケットを着ていた。

「容色衰えないな。七年前とほとんど変ってないよ。僕はすっかりおっさんになったけど」

「結婚は？」

「まだ。シングルだよ」

「あなたって風変りな人ねぇ。さっきも言ったけど、七年間もウンでもスンでもなかった人が、いま頃になって、どういうことなんだろう」

「きみから、なにか言ってくるんじゃないかと、一日千秋の思いで待ってたわけよ」

「それは多分、わたしも同じ思いだったような気がする。意地の張り合いだったのかしら」

「そういうことになるのかなぁ。なにを召しあがりますか。僕はジンフィズを飲んでますけど」

友部は軽くグラスを持ち上げた。

「わたしはスロージンをいただくわ」

ウェイターが引き下がった。

「あなたって、不思議な人ねぇ。まだ信じられないわ。一度振った女をデートに誘うなんて」

「振られたという認識なら、僕のほうが強いと思うけど」

「わたしはその逆よ。あの日、ホテルを飛び出したとき、何度もうしろを振り返ったわ。エレベーターホールで十分以上待ったかしら。未練たらしくラウンジでコーヒーを飲みながら、あなたを待ってたのよ」

「あのときのきみの迫力は凄かったからなぁ。もう終った、捨てられたと思った。確か〝離婚〟

とか言わなかったか」

「それは、あなたもでしょ」

「〝離婚〟みたいなものか、と言った覚えはあるけど。出産のことで言い合いになったが、いまでもその気持ちは変らないのか」

スモモ色のスロージンが運ばれてきた。

「七年ぶりの再会を祝して」

明日香は、カクテルグラスを陽平のグラスに軽く触れ合わせて、思案顔でグラスを口へ運んだ。ひと口飲んで、グラスをコースターに戻した。

「なんであんなに突っ張ったのかしら。結局あなたもわたしも子供だったってことになるのかなぁ」

「つまり、子供のことで考え方を変えたっていうわけ？」

「そんなむきになることじゃないとは思う。ただ、まだ仕事に未練はあるけど」

友部は残りのジンフィズを飲んで、明日香を見据えた。

「率直に訊くけど、きみは、恋人はいないの」

「この七年の間に、会社で同期入社の男の子と、それらしきことはあったけど、あなたのようには長続きしなかった。もう一人、同業他社の人に誘惑されたことがあるわ。妻帯者で家庭を壊す気なんて、さらさらない人だったから、単なる浮気ね。二度目は、断った。口臭がひどいの。一度で懲りたわ。仕事が忙しいので、恋をしてる暇なんてないとも言えるわね」

明日香はゆっくりとスロージンを賞味しながら、上目遣いで友部をとらえた。

「わたしのことばかり聞いて、あなたはどうだったの。あなたのことだから、モテモテぶりは相当だったと思うけど」

「さにあらずだ。一度だけ、老舗旅館の女将とあった。裏を返すで終らず、東京旅行をつきあわされたが、それだけだ。生保マンの仕事の忙しさは、ちょっとやそっとのものではないが、ボストンに二年間留学できたことはラッキーだったと思うな。社費でＭＢＡの資格を取得させてもらえたんだからねぇ。そのぐらいは当然だと言いたいくらい松江支社では働かされた。保険の契約を取るために、家庭教師までやらされた。やらされたはちょっと違うな。買って出たんだ」

「旅館の女将との浮気は、家庭教師と関係ありそうね」

「いい勘してるね」

「女性関係はほんとにそれだけなの」

「まぁ、ね。その点はきみのほうが上を行ってるよ。きょう仲のいい同期のやつから見合いを勧められた。それが明日香のことを思い出す動機づけになった。きみほどの女性が結婚してないはずがないって思いながらも、横浜のお宅に電話をかけてよかったよ。お母さんから御茶ノ水のマンションの電話番号教えてもらったんだ」

「あなたから電話があった直後に母から電話がかかってきたの。相当びっくりしたみたい。友部君からデートを誘われたって話したら、そんなことがあるとは信じられない、いったいどうなってるのって、呆れるやら嬉しいやらの心境だったみたい」

「おふくろに明日香とデートしたことを話したら、きみのお母さんと同じようなことを言うんだろうな。おふくろに、きみと子供のことで喧嘩になったって話したら、いまはそうでも、明日香さんの気持ちは変るかもしれないなんて、穿ったことを言ってたなぁ。明日香に振られた、明日香とは終ったと話したときの悲しそうなおふくろの顔は忘れられないな」

「わたしはまだ半信半疑よ。実は女房も子供もいるんだなんて言い出されるんじゃないか心配でならなかったの」

友部は噴き出したくなるのを堪えて、無理に眉をひそめた。

「僕は、きみの二倍以上、それを心配してるよ。相変らず宮前に居候の身だし、浮いた話がないので、周囲の人たちは、その能力がないんじゃないか心配してるんじゃないかな」

「あなたの凄い能力を思い出したわ。顔に火がついたように熱い」

明日香は両手で顔を覆って、下を向いた。

「能力がどうなってるか試してみるとするか。錆ついて使い物にならなかったら、どうしよう」

「豆腐の角に頭をぶつけて、死んじゃいなさい」

明日香の顔がいっそう朱に染まった。

3

ベッドルームでもバスルームでも、友部と明日香は狂おしく悶えた。

いくぶん、肌に脂肪がついたように思えた。

たわわな乳房と臀部《でんぶ》にそれが感じられた。それは友部をひきつけてやまなかった。

「七年前より感度がよくなったな。こんなに濡れたかなぁ」

「あなたの頑健な躰は少しも変ってないわ」

「いま、僕はきみに改めてプロポーズしてるつもりなんだが」

「喜んでお受けします」

「もう二度も完走したけど、大丈夫なのか」

「多分。でも、そうなったらなったで、いいと思う」

「七年前と、えらい違いじゃないの。あの頃はナーバスだったからなぁ」

「成長したのか、退歩したのかよく分からない」

「成長したに決まってるだろう。仕事だけが生き甲斐であるはずがないと思うけど」

「分かったわ。もう言わないで」

明日香は唇で唇をふさいだ。それを友部は強引に振り払った。

「今宵は二人にとって初夜みたいなものだろう。懐妊してくれたら、言うことなしだな」

「わたしはもう少し先送りしたい。あと一年か二年、二人だけで旅行したりして楽しい思いをしたいなぁ」

「一度目も二度目もトイレに飛び込んだが、念入りにビデを使ったわけだな」

「厭な人」

明日香は、つんとした顔を見せてから、背を向けた。

友部が上体を明日香に寄せて、ささやいた。

「きみとは躰が合うな。再会してよく分かったよ」

明日香が背を向けたまま返した。

「そうかなぁ。躰もだけど、精神的なものっていうか心のほうが合ってると思う」

「かもしれない。心身共にっていうことだな」

明日香が仰臥の姿勢になったので、友部は三度目を挑んだ。心と躰が一つに融け込んだが、それも束の間だった。明日香は友部を跳ねのけて、トイレに駆け込んだからだ。

「艶消しだな」と友部はひとりごちた。

4

ホテルに一泊して、翌日の日曜日、ルームサービスの朝食を摂っているときに、友部が明日香を凝視した。

「せっかくのチャンスだから、きょうわが家に来てくれないか。その代り、僕もきみのご両親にお会いして、結婚の許しを乞おうと思うんだ」

「少し性急過ぎるんじゃないかしら。七年間のロスを考えたら、両親に話すのはもう少し先にしましょうよ」

「ロスが長過ぎたからこそ、急ぐんだよ。僕が心変りすることはあり得ないけど、きみはまだ迷ってるのか」

「そんなことはない。でも、きのう逢ったばかりなのに、きょうあなたのご両親にお会いするのは気が引ける」

「そうかなぁ。ウチの両親は祝福してくれると思うけど。年内に結婚しようよ。派手な挙式はノーサンキューだが」

明日香は思案顔でコーヒーを飲んでいたが、返事をしなかった。

「ホテルを出たあと、きみのマンションを訪ねたいが、厭か」

「ぜんぜん。散らかしっ放しだけど、どうぞ」

「断られると思って、びくびくしてたが、嬉しいよ」

「男子禁制だけど、フィアンセは別でしょ」

「そうと決まったら、急ごう」

友部は食事を急ぎ、帰り仕度にかかった。


新宿駅から御茶ノ水駅までJR中央線で十五分足らずで、明日香のマンションは駅から十分とはかからなかった。

十階建マンションの七階の707号室が明日香の住み処だった。スペースは七十平米ほどで、2LDK。リビングは予想したより広かった。

「散らかしっ放しとか言ってたが、きれいにしてるじゃない。据え付けの本棚に、書物がぎっしり詰まってるのも、いい眺めだね。賃貸だったっけ」

「ローンを組んで買ったのよ。四年前だったかな。払い終るまであと二十一年」

「ここに押しかけてくるのは、抵抗があるな。沽券にかかわる。処分して、新築を買おう。きみに払わせる気はないからね。生保の給料は高いし、遊ぶ時間がなかったので、けっこう溜め込んでるんだ」

「沽券にかかわるねぇ。ぴんとこないな。あなたが残りのローンを支払ってくれれば対等じゃない。ここ静かだし、交通の便もいいし、悪くないと思うけど。一人で住むには贅沢だとか勿体ないとか母に言われたことを思い出したわ。家族四人まで大丈夫だと母が言ってた」

「うん。考えてみるよ」

ベランダから見る眺望も気に入ったが、友部は口にすることがはばかられることを訊いた。

「ベッドルームを見ていいか」

「いいわ。だけど、そこがいちばん散らかってる」

シングルベッドの上に、パジャマが無造作に置かれてあったが、俺のベッドルームとは比ぶべくもないほど整理されていると友部は思った。

「男子禁制であることが分かったでしょ。父が一度来ただけ。あなたが二人目よ」

「そうだな。安心したよ。きのう、きみに電話をかける気にさせてくれた宮坂に感謝しなければ。あいつのお陰で、こういうことになったわけだから、一席設けなくちゃあ。同期入社で大の親友なんだ。いいやつだよ」

「わたしも、宮坂さんっていう人に感謝する。それにしても、人生って不思議ねぇ」

友部は、パジャマをどけて、ベッドにごろんと躰を横たえた。そして、いつの間にかうとうとし始めた。

昨夜興奮して、寝不足だったせいだろう。

友部は一時間以上も午睡を取った。毛布をかけてくれたのは、明日香に決まっている。

「お目ざめ」

「うん。安堵感で気持ちが弛緩《しかん》して、つい眠ってしまった。どのくらい眠ったのかなぁ」

「いま、三時二十分だから、一時間半くらいかな」

「そんなに」

「あなたって大物なのね。気持ちよさそうにすやすや寝てたわ」

「ずっとそこにいたのか」

明日香はベッドのはじっこに坐っていた。

「まさか。キッチンを片づけたり、母から電話がかかってきたり」

「お母さんに話したのか」

「もちろん。あなたがマンションに来てることも話した。びっくりしてたけど、予感めいたものもあったのかしら。嬉しそうだった」

「わが家の両親がどんな反応を見せるか、楽しみだよ。もう一度だけ念を押すけど、きょうは厭なんだね。両親の喜ぶ顔をきみに見せたい気がしてならないが」

「近日中に必ず伺います。くれぐれもよろしくお伝えください」

明日香は改まった口調で言って、にこっと微笑んだ。

「トイレを借りる」

友部はベッドから降りて、トイレで用を足し、嗽《うがい》をして、手を洗った。

「そろそろおいとまします。きょうは親孝行ができるな」

「そうなるといいけど」

「なるに決まってるだろう。父も母も変人ではない。常識人だから、まったく心配はないと思うよ」

「あとで電話して。買物に出かけるけど、六時以降マンションにいるわ」

「ＯＫ。必ず電話する」

友部が、マンションを出たのは午後四時前だった。

5

友部が宮前の家に帰宅したのは午後五時前だが、父の陽二郎はゴルフからまだ帰ってなかった。

母の富子に、きのうからきょうまでのことを話すと、富子の喜びようといったらなかった。

「奇蹟が起きたのね。縁結びの神様に感謝しなければバチが当たる」

「お父さんはどう思いますかね」

「喜んでくれるに決まってるじゃない。おまえが明日香さんと終ったとか言ったとき、お母さんよりもっと残念がってたわ。あんないい娘《こ》はいまどき少ないって、何度も言ってたのよ」

「僕には拍子抜けするほど、あっさりしてた感じだったけど」

「とんでもない」

「ふうーん。そうだったんだ」

ほどなく帰宅した陽二郎が見せた笑顔は、明日香に見せたいと友部が思ったほど、素晴らしかった。

「久しぶりの朗報だな。陽平がハーバードに留学すると聞いたとき以来かな」

「あのとき、わたしの言うことを聞いて、明日香さんと連絡を取っていたら、回り道をすることもなかったのに」

「まあ、いいじゃないか。陽平も明日香さんもおとなになったっていうことだ。それだけの時間が必要だったと思えば、なんていうことはない。シャンパンで祝杯をあげるとするか」

シャンパンで乾杯後、富子が友部に訊いた。

「結婚はいつにするの」

「僕はなるべく早くしたいと考えてます。できれば年内にも」

「式場が取れるかな」

「一流ホテルで派手に披露宴をするようなことは考えてません。地味にやりたいと思ってます。たとえば、ほんの内輪だけで食事会をして、挙式は海外で二人だけとか……」

「お父さんの立場も考えないと」

「わたしの立場なんてカウントする必要はまったくないな。わたしは陽平と明日香さんの好きにしたらいいと思う」

富子は不服そうだった。

「一生に一度の晴れ舞台ですよ。然るべき方に仲人をお願いして、きちっとした結婚式にしてもらいたいわ」

「明日香さんの気持ちもあるだろうし、草野家の希望もあるだろう。いま、この場で決めるわけにもいかんよ。ただし、わたしは当事者二人のやり方に従うつもりだ」

「分かりました。明日香とよく相談して決めます」

「住まいはどうするの」

「明日香の御茶ノ水のマンションを見てきたんですが、七十平米ほどスペースもありますし、静かで交通の便もいいので、それもいいかなって思ってます」

「押しかけ亭主なんて、外聞が悪すぎるわ」

「残り二十一年のローンを僕がもてば、押しかけたことにはなりませんよ」

「わたしは、二、三年は、この近くの賃貸マンションに住んでもらいたいと思ってたんですけど」

「それも二人にまかせる」

陽二郎のひと言が結論になった。

友部は食事の最中に、トイレに立ったついでに二階の自室から明日香に電話をかけた。時刻は午後七時十分だ。

「もしもし」

「はい。明日香です」

「わが家はシャンパンで盛り上がってる。両親がこんなに喜んでくれるとはねぇ。嬉し涙にくれてるよ」

事実、友部は胸に熱いものがこみあげ、声がくぐもった。

「よかった。少し心配だったから」

「僕が明日香のマンションに転がり込むつもりだと言ったら、母はせめて二、三年はきみと自宅の近くで暮らしたいようなことを言ってたよ。しかし、僕はノーサンキューだ。それと結婚式のことで、僕は地味婚を考えてるって話したら、母は一生に一度の晴れ舞台なのだから、それなりにとか言ってたな。父は、地味婚でけっこうっていうか、僕たち二人にまかせるという意見だった」

「草野家も同じよ。母は少しぐらい派手でもいいんじゃないのだって。父は地味にやったらいいよですって。二十分ほど前に父から電話があったの」

「とにかく、うまく行き過ぎて怖いくらいだな。僕は早ければ早いほどいいと思ってるんだ。遅くとも年内」

「わたしも賛成。一人暮しは、気ままで悪くないけど、やっぱり寂しい。あなたと一日も早く一緒になりたい」

「それは、どうにでもなると思うけど。極端に言えば、あしたからだって可能なんじゃないのか」

「でも、けじめの問題もあるから、そういうわけにはいかないでしょ」

「まあな。来週の土曜日に、宮前に来られるか」

「いまのところは大丈夫。飛び込みの仕事が入ることはあり得るけど、あなたのほうを優先する。そういうことでけっこうよ。あなたは日曜日に、両親に会ってもらえるのね」

「そのつもりだけど」

「両親に話しておきます」

「急展開だな」

「いまだに信じられないくらいよ。さっきから、ずっとあなたのことを考えてたの。感謝してます」

「僕のほうこそ、きみに感謝してるよ。お互いシングルでいたことが不思議でならない」

友部が三十分以上も明日香と長話をして、階下へ降りて行くと、富子が「明日香さんね」と言って、笑いかけた。

「来週の土曜日に、明日香を呼んだから、そのつもりでお願いします。翌日の日曜日は、僕が明日香の両親とお目にかかることにしました」

「そう言えば、われわれは明日香さんのご両親にお会いしてなかったなぁ。この際どうだろう。三人で一緒にいらしていただいたら。おまえ、どう思う」

陽二郎が富子の顔を覗き込んだ。

「よろしいんじゃないですか」

「明日香も、母親も料理は上手なほうだから、手伝ってもらったら、どうですか」

「そうはいきませんよ。わたしにも見栄ってものがあります」

「お母さんの料理の腕前は一級だから、余計な心配をする必要はないな」

「失礼しました」

友部はふたたび自室に戻って、陽二郎の提案を明日香に伝えた。

折り返し明日香から電話がかかってくるまで、デスクの前で待っていた。

「はい。友部です」

「両親は厚かましいんじゃないかとか渋ってたけど、結論はお言葉に甘えさせていただくっていいうことになったわ」

「よかった。これで日曜日に草野家を訪問する必要はなくなったから、デートができるね」

「ええ。御茶ノ水にいらして。手料理でおもてなしするわ。腕が上がったの」

「それは楽しみだな。ワインを持参しよう。親父への到来物を一本失敬してもいいだろう」

友部にとっても、明日香にとっても楽しい日々が続き、十一月二十五日の日曜日にボストンの教会で挙式した。出席者は友部、草野両家の両親の四人だけだったが、心に滲み入る結婚式になった。

二年後、一九九二年に明日香は男子を出産した。奇しくも明日香と同じ十一月十一日生まれで、一が四つ並んだ。四画の太《ふとし》と名付けた。明日香は退職せず、ベビーシッターを雇い、一九九九年十月現在も仕事を続けている。やんちゃ坊主の太は小学一年生になった。

第五章　経営危機

1

一九九六（平成八）年七月、安東太郎は社長を松永亨に譲り、代表権を持った会長に就任したが、人事権者は安東で、東都生命保険相互会社の権力構造に変化はなかった。

友部陽平が人事課長を経て、企画部副参事になったのは一九九九年七月のことだ。

副参事は何階級かあり、課長、上席課長、次長などに大別される。友部は上席課長なので、同期のトップ・グループの一人だった。いっぽう、かつて友部が直談判に及んだ際の組合委員長、高木康夫は企画部担当の常務になっていた。

友部は九月中旬の某日、高木に、東亜銀行に支援を求めるべきだと進言した。東亜銀行は中部地区に強力な基盤をもつ中位行で、東都生命とは親密な仲だった。

むろん、部長、次長などの上司と意見を調整したうえでのことだ。「友部は安太郎の覚えめでたいから適役だ」と、おだてる上司さえ存在した。

このことは、高木に直言できる上司が一人として存在しなかったことを意味する。

「友部の歓迎会を個人的にしてやるか」と高木のほうから持ちかけられ、チャンス到来と友部が思ったことも事実だ。

高木と友部は渋谷の鮨屋の小部屋で会った。

「安太郎会長の引責辞任と引き替えに、東亜銀行に三千億円の資金支援をお願いするために、松永社長と高木常務の二人がかりで、安太郎会長を説得して下さい。安太郎が聞き入れなかったら、お二人とも退任したらいかがでしょうか。お二人が退路を断って、安太郎と対峙すれば、安太郎も従わざるを得ないと思います」

「社長が外資との提携の方途をさぐっていることは、おまえも知ってるじゃないか」

高木は面高な顔を歪めて、ビールのグラスを呷った。

「外資との提携は最後の最後であるべきだと思います。安太郎が東都生命を活性化させたのは、社長になって、三、四年の間だけです。〝明るく、生き生き、元気よく〟のキャッチフレーズも社従業員にアピールしましたし、なによりも団体保険、年金保険などで示したトップセールスも社内にインセンティブをもたらしたと思います。しかし、この七、八年の安太郎は名門東都の足を引っ張り続け、明らかにトータルでは圧倒的にマイナスのほうが多くなったと思います。このまま安太郎が会長で居坐り続ければ、東都生命は沈没してしまいます。安太郎排除は、執行部の責務と考えます」

「おまえ一人の意見なのか」

高木は厭な顔を友部に向けた。友部は高木の眼を強く見返した。

「財務、人事、営業などミドルの一致した意見とおぼしめしいただくのがよろしいと思います」

「わたしに、ここまで言うからには、おまえも退路を断ったってことなんだな」

友部は微笑しただけで、返事をしなかった。

「おまえはMBAを取ってるし、引く手数多だろう。それに若いしなぁ」

「そんな個人的なことを考えている場合なんでしょうか。まさに東都生命は危急存亡の秋《とき》にあるんですよ。とにかく社長と話していただけないでしょうか」

「仮にだ。安太郎が退くことをOKしたとして、安太郎のクビを差し出したくらいで、東亜銀行が三千億円もの支援を了承してくれると思うか」

友部は間髪を容れずに応えた。

「その可能性が高まることは確かです。東亜の学生時代の友達とも話しましたが、安太郎が東都生命のガンであることは紛れもない事実だということで意見が一致しました」

友部はビールをひと口飲んで、話をつづけた。

「安太郎は、わたしが把握している限りでも、都内の一等地に三つも豪華マンションを所有しています。それが過剰融資、放漫経営の見返りによるものかどうかまでは知りませんが、私生活も堕落しました。愛人を囲っていることも事実でしょう」

思案顔で鮨ネタをつまんでいた高木が面をあげた。

「分かった。社長と話してみよう。友部などミドルの進言だと話していいのか」

「もちろん、けっこうです」

「安太郎のクビを取るのは至難の業だが、ぶつかってみる価値はあるかもな」

高木はわが胸に言い聞かせるように、つぶやいた。

2

二日後の朝イチで、友部は高木に呼ばれた。

「安太郎は激怒したぞ。おまえらぼんくら役員のクビのすげ替えはいくらでも出来る。東亜銀行の頭取には俺が話す、おまえたちを相手にしてくれるはずがないとか喚いてたな」

「救い難い裸の王様になってしまいましたね」

実際、安東は東亜銀行の北田頭取に会うためにアポを取って、名古屋へ出向いたが、色よい返事は得られなかった。

この情報は、安東に随行した宮坂から真っ先に友部へもたらされた。

夜、御茶ノ水のマンションに宮坂から電話がかかってきたのだ。

宮坂の話を聞いた友部が質問した。

「安太郎のクビを差し出してたら、どうなってたと思う。このことは、以前にも宮坂と話したと思うが、きみは東亜銀行の支援を取りつけられる可能性を否定しなかったが」

「可能性はあったと思う。まったく意味合いが違ってくるわけだから」

「社長と常務が安太郎に一喝されて、腰が砕けたことに問題があると僕は思うな。一喝されたときに直ちに辞表を出すくらいの気魄《きはく》を見せてもらいたかったよ」

「ただなぁ。東亜銀行は協立銀行と合併することになったという情勢の変化も考えないとねぇ。安太郎に、東亜の頭取が協立の頭取に東都生命支援のことを打診したところ、反対されたと話したらしい。中位行の東亜と上位行の協立では力関係も違うから、協立に明かさないわけにはいかなかったんじゃないのか」

「だとしても、安太郎のクビを差し出すことが前提なら、協立だって、折れた可能性はゼロではないだろう。安太郎は自身のおかれてる立場がまるで分かってないんだ。裸の王様とはそうしたものだが、ひどすぎるよ」

友部が頭をひと振りして、高木を凝視した。

「安太郎のクビを土産に、社長と常務が名古屋に乗り込んでたら、結果はどうなってたか分かりませんよ」

「協立の反対を押し切れたとは思えんな。どっちにしても、東亜の協力は得られなかったろう」

「解約による資金の流出を止めるためにも、東亜に東都生命を支援するとアナウンスしてもらうよう社長に進言していただけないでしょうか。嘘でも東亜に協力してもらう以外、手がありませんよ」

「安太郎にそれを言わせる手があったな」

「ないと思います。安太郎ではぶち壊しです。安太郎が引責辞任するだけでも、東都のイメージアップになるんじゃないでしょうか」

高木がふんと鼻で嗤った。

「友部がチンピラの頃、運動場の問題で社長直訴に及んだことがあったな」

「若気の至りです」

「いまはミドルのホープと言われる存在になったんだ。また、やってみるか」

「ご冗談を」

友部は、高木に失望した。松永社長も然りだ。いまだに安太郎の呪縛から解かれていない。執行部失格ではないか。

「外資系との提携話を進めるしか道は残されてないんじゃないのか。アメリカの大手生保との提携を当社のアドバイザーも進言している。提携の条件を詰めるぎりぎりのタイミングだと思うが」

「以前にも申し上げましたが、外資との提携は、最後の最後であるべきでしょう。だいいち、安太郎は乗り気ではないと聞いてますが」

「安太郎も、東亜銀行に袖にされて、外資しかないと思い始めてるふしがある。AIC（アメリカン・インシュアランス・コーポレーション）とプレジデンシャルが東都生命との提携を望んでいるが、要はどっちの条件が東都生命にとって有利かという点に尽きる。DB（ダイヤモンド・ブラザーズ）の判断はどういうことなのかね」

友部は、わが耳を疑った。というより、高木への不信感が増幅された。

「DBジャパンのパートナーのケニーは、AICを推していると常務にお話ししたのは、ごく最近のことですが」

「だが、AICも、プレジデンシャルも具体的な条件は提示してない。ケニーと会いたいので至急アポを取ってもらおうか」

ジェローム・P・ケニーは、DBジャパンのパートナー、つまり最高経営責任者だ。インベストメント・バンク（投資銀行）では、最高経営責任者をパートナーと呼称していた。

「分かりました。さっそくケニーのアポを取りますが、常務の不都合な日を聞かせてください」

「日中であればいつでもいいぞ。先約をキャンセルしてでもケニーとの面会を優先する」

「承知しました」

友部は自席に戻って、ケニーの秘書の岡田晶子《あきこ》に電話をかけた。

「東都生命の友部です。高木常務がミスター・ケニーとお会いしたいと言ってますが、アポを取っていただけませんか」

「急いでますか」

「はい。早ければ早いほどありがたいです」

「それでは九月二十日午前十時でいかがでしょうか」

「ありがとうございます。九月二十日に伺わせていただきます」

「友部さんもご一緒ですね」

「はい。わたしも同行します。ではよろしく」

岡田晶子は、ケニーの日程管理をまかされていた。年齢は二十八歳。

友部は通訳の立場もあるが、副参事の立場のほうが重いと自覚していた。

3

当日、高木と友部は六本木の高層ビルのDBジャパンに九時五十分に着いた。

ケニーの執務室に通されたのは十時五分前だ。

高木と友部はケニーと握手してから、ソファに腰をおろした。ケニーは四十歳そこそこで、赭ら顔のアメリカ人だ。興奮すると、赤鬼のような形相になる。

「ハウ・アー・ユー」

「東都のアドバイザーであるDBの責任者にお尋ねしたい。DBがAICを推す理由を詳しく教えてください。このM&Aの案件が決まれば、DBに膨大な手数料が入ることはもちろん承知しています」

友部は通訳しているときに、自分の意見を忍ばせる能力に長けていた。あるいは、高木の意見を割愛することも。

しかし、端からそれはない。素直に通訳して、ケニーの返事を待った。

「ディールをまとめた結果、DBが得られるフィはAICでも、プレジデンシャルでも、まったく対等だ。東都生命からいただくフィとイコールでもある。要するにAICの条件のほうが東都生命にとって有利だからで、このことはすでにお伝えしてあるはずだが」

「具体的には聞いていない。有利だとする条件を教えてください」

「最も決定的な違いは、プレジデンシャルは東都生命の内勤職員を現在の約二千五百人から一千五百人にリストラすること、約一万五千人の営業職員を一万人に減らすことを統合の条件としていることだ。一方、ＡＩＣは、貴重な人材をリストラする必要はないと言い切っている。人材の流出をアメリカ本社のトップが憂慮していることをこの際、明らかにしておこう」

「両社のそれ以外の条件の相違点はどういうことですか」

「内勤従業員の平均給与が、ＡＩＣジャパン、プレジデンシャルジャパンよりも割高なことは、両社とも問題視しているが、プレジデンシャルジャパンのほうが厳しい見方をしている。その差は倍と考えてもらおうか。ＡＩＣは一五パーセント・カット、プレジデンシャルは三〇パーセント・カットだ。債権・債務の厳格な中身を開示して欲しいと両社とも要求していることは、すでに伝えてある。ところで、逆にミスター・タカギに質問したい。自主再建を志向していると聞いていたが、東亜銀行の支援は得られるのか」

高木は、友部と顔を見合せながら、コーヒーを飲んで時間を稼いだ。

「まだネゴの最中だが、東亜が協立と統合することになったため、ネゴが難航していることは事実だ。自主再建も外資との提携も、まだ選択肢の一つに過ぎない」

ネゴが難航しているとは言わずに、「結論が遅れている」と友部は通訳した。しかも「東亜が支援を表明する可能性は低くない」とまで言及した。

「だとしたら、外資両社の条件うんぬんをしつこく聞いてくるのはよく分からんが」

「選択肢の一つとして、知り得ておく必要がある」

友部はケニーと話したことを通訳すると、高木はむっとした顔になった。

ケニーが話したことを先に話さなかったことに高木が立腹しているのは百も承知だが、友部は無視した。

「ミスター・アンドーは会長になったが、辞任するのが当然と思う。経済誌の記者もそう話していたが、まったく同感だ」

ケニーがジェスチャーたっぷりに話した。

友部はこの部分は懇切丁寧に通訳した。

そして、ケニーに訊いた。

「DBのミスター・ケニーがいま話したことを安東に伝えてよろしいか」

ケニーは両手をひろげて、「オフコース」と言い切った。

友部が笑いながら、いまのやりとりを通訳すると、高木は真顔で言った。

「その結果、DBとのアドバイザリー契約を破棄すると安東は言い出すかもしれない。それでもいいのかね」

友部が通訳すると、ケニーはふたたび両手をひろげて、「仕方ないです」と日本語で話した。

DBを切れるはずがない。東都生命にとって頼りになるのはDBだけだ、と顔に書いてあった。

4

友部は、東亜銀行が全面的に東都生命を支援するとアナウンスしてくれることを諦めたわけではなかった。

DBジャパンからの帰りの車の中で、友部は高木にこのことを力説した。

うるさそうに高木が返した。

「きょうケニーと話したことを社長に話すチャンスをやろう。わたしは午後は外出だから、社長に話す時間がない。社長はわたしがケニーと会ったことを気にしてるから、早いほうがいいと思う。そのとき、アナウンスメントの話をしたらいいだろう」

「ありがとうございます」

「ただし、わたしは友部の話を聞かなかったことにしてもらいたい」

「承りました」

友部は、帰社するなり、上司たちに高木とケニーの話を報告してから、宮坂に社内電話をかけた。

「社長と至急お会いしたいんだが、庄司秘書室長に話してもらえないか」

「用向きは？」

「DBジャパンのケニーと、会ってきたんだが、高木常務は午後は外出するので、僕から社長に報告しろと命じられたんだ」

「なるほど。ちょっと待ってくれ。いや、折り返し電話させてもらうよ」

「分かった。よろしく頼む」

三分後に宮坂は電話をかけてきた。

「午後一時二十分に、社長執務室に来てくれるか。二時に来客があるから、そのつもりで」

「ありがとう。昼食はどうなってる？」

「いいよ。社員食堂でいいのか」

「外へ出ようか。十一時五十分に、〝ケルン〟で待ってる」

「わたしは十二時十分になりそうだな。サンドイッチでもオーダーしといてくれ」

「承知した。サンドイッチとホットコーヒーでいいんだな」

「けっこうだ。じゃあ、あとで」

〝ケルン〟は、東都生命本社ビルから五分の所にあるティルームだが、サンドイッチとカレーライスだけは食事のメニューにあった。昼食時の早い時間なら、まず東都生命の従業員と出会う心配はなかった。会ったとしても、さして問題はないが、社員食堂はがやがやしていて、密談は難しい。

友部は十一時五十分に〝ケルン〟の奥のテーブルを確保して、宮坂を待った。

宮坂は十二時十分過ぎに現れた。

急いできたのだろう。呼吸が乱れていた。

宮坂はコップの水を一気に飲んだ。

「ケニーとはどんな話をしたんだ」

「DBがAICとの提携を推している理由を細かく聞いたんだ」

友部はかいつまんで、ケニーと話した内容を宮坂に伝えた。

サンドイッチとコーヒーが二人前運ばれてきたので、友部はコーヒーカップに手を伸ばした。

「社長に会う最大の目的は、東亜銀行のことなんだ。高木常務は乗り気じゃないので、僕が話すしかないわけだ」

話を聞いて、宮坂は大きくうなずいた。

「友部の判断は間違ってないと思うな。腰が引けてる高木常務は、どうしようもないね」

「ただ、社長に話すチャンスを与えてくれただけでも、ありがたいと思わなければな。東都と東亜とは長い間、友好関係を続けてきた。嘘でもいいから、アナウンスしてもらえれば、アナウンス効果は小さくないと思うんだ。解約ラッシュに多少なりとも歯止めがかかると思うし、優績セールス・レディの流出抑止にも好影響を及ぼすと思う」

「そのとおりだ。あとで訂正するぐらいなんてことないな」

「協立を悪者にすれば済む話だろう」

「うん。協立と統合する前に支援してくれる可能性だってゼロではない。安太郎のクビを差し出す話をもう一度社長に蒸し返してみたらどうだ」

「二十分で、そこまで話せるだろうか」

「二時の来客は、たいした人でもないから、十分ぐらいの延長は可能だと思う」

「当たってみるよ。その価値はあると思うんだ」

「同感だ」

友部も宮坂も、やっとサンドイッチに気が回って、同時にハムサンドを頬張った。

5

友部は午後一時十分に秘書室へ行った。

社長付の女性秘書の山田純子《じゅんこ》がすぐに社長執務室に案内してくれたので、約束の二十分より少し前に松永社長と面会できたことになる。

この日、松永はソファではなく楕円形のテーブルで友部と向かい合った。

「ダイヤモンド・ブラザーズのケニーと会ったそうだな。話を聞かせてもらおうか」

友部は要領よく、十分間でDBがAICとの提携を推す理由を説明した。

「ただし、私見ですが、DBジャパンのアドバイスが正確なものなのかどうか疑問があります。わたしはDBの米国本社のM&A部門のシニア・ヴァイス・プレジデント、つまり部長クラスですが、友人がおりますので、本社の意向をそれとなく聞き出すことは可能です」

「ケニーの知るところとなって臍《へそ》を曲げられると、まずいことにならないかね」

「その点は注意しますが、AICもプレジデンシャルの日本法人にも知人がおりますので、直接、アプローチする必要があるような気がしております。すべてをケニーにまかせてよろしいのかどうか、懐疑的になっています」

「その点は高木君と慎重に意見調整したうえで動いてもらうのがいいと思う」

松永が柔和な顔を引き締めた。

「会長にわたしと高木常務が怒鳴られたことは聞いたかね」

「はい」

「どう思った」

「失礼ながら、会長の言いなりにならず、社長は東都生命のトップなのですから、東亜銀行にアプローチしていただきたかったと存じます。あのケニーまでが安東会長の辞任は当然だと話してました。安東会長が前面に立つようでは、東都生命にとってプラスにはならないと思います」

「ご本人にそういう自覚、認識はさらさらない。東都を再建できるのは自分しかおらんと思ってるよ」

松永の顔がゆがんでいた。

「東都生命の役員、職員で安東会長を本気で支持している人がいるのでしょうか」

時計を見ながら、友部が話題を変えた。

「社長に一つお願いしたいことがあります。東亜銀行の北田頭取と面会していただけないでしょうか」

「そのシナリオはないな。安東会長がすでにしくじってしまった」

「安東会長と松永社長とでは、東亜銀行の受け止め方はまったく違うと思います。東亜銀行が東都生命を全面的に支援するとアナウンスしてくれる可能性はゼロではないと思います。協立銀行の横やりで、潰されたとしても、アナウンス効果は期待できます。協立、東亜両行はまだ統合していません。親密生保の東都を窮地《きゅうち》から救い出せるパワーが東亜にはまだ残されています。極端な言い方ですが、嘘でも東亜がアナウンスしてくれることの効果は絶大です。解約ラッシュに歯止めをかけ、優秀な人材の流出にも一石を投じることは間違いありません。外資系に依存するとしても、いまは時間が必要です。時間を稼ぐために、東亜銀行は力を貸してくれるのではないでしょうか。それが出来るのは安東会長ではありません。松永社長です」

友部は一気に話して、深呼吸をした。

「たしかに、東亜銀行が乗ってくれれば、アナウンス効果は期待できるだろうな。高木君もきみと同意見なのかね」

「失礼しました。高木常務にはまだ話しておりません。私見にすぎません」

「ふうーん。わたしに話す前に、高木君に話すべき筋合いのことがらと思えるが」

松永は厭な顔をした。副参事の分際で、社長にここまで私見を述べる者は初めてかもしれない。高木には話してある。聞かなかったことにしてくれと言われたことを明かしてしまいたい衝動を友部は懸命に抑えた。

「安東会長にぶちこわされて、焦ってましたので、失礼をかえりみず、申し訳ありませんでした。社長にお目にかかるチャンスはそうはありません。高木常務には夕刻、話しますが、時間との闘いでもあると考えて、前後してしまいました。しかし、東亜銀行の支援を取り付けられれば、東都生命は蘇生《そせい》します。アナウンス効果のこと、ぜひともご一考いただきたいと存じます」

「わたしにここまで言える友部は立派だ。時間が限られている、切迫していることも事実だ。友部を褒めてやろう」

松永の口もとがほころんだように見え、友部は松永にぶつかった甲斐があったと思った。


友部が高木に呼びつけられたのは、この日午後五時過ぎのことだ。

「社長の様子はどうだった」

「アナウンス効果の件で、高木常務と意見調整したうえでのことだと思われたようで、わたしの私見だと話しましたら、びっくりされてました」

「それはそうだろう。わたしと意見調整してのことなら、わたしから社長に話すのが筋だ。ご機嫌斜めだったわけだな」

「そうでもありません。よくぞ言ってくれたという意味あいのことをおっしゃいました。時間が切迫しているから仕方がないとも」

高木は脚をセンターテーブルの下に投げ出して、思案顔を天井に向けた。

「社長は東亜銀行の頭取に会う気になったと思うか」

「わたしの目には、そのように映りました。安東会長と松永社長では、アピール度が違います。高木常務が社長とご一緒なら、ベターだと思います」

「もちろん、わたしもそのつもりだ。あすの朝イチで、社長と会うか。秘書室に社長の都合を聞いてくれ」

「承知しました」

友部は常務室のデスクから庄司秘書室長に電話をかけた。

「八時半から九時までの三十分間でよければお取りしましょう」

「よろしくお願いします。八時半から九時までですね」

友部がソファに戻ると、高木は上体を起こして、テークノートしていた。

「八時半で、けっこうだ。友部も一緒にどうだ」

「常務お一人のほうがよろしいと思います。それと、DBジャパンにまかせていいのかどうか、わたしは懐疑的です。米本社のM&A部門のシニア・ヴァイス・プレジデントと面識がありますので、本社の意向を聞き出すことは可能です。ケニー一人に振り回されているのもおもしろくありません。AICとプレジデンシャルに直接ぶつかる手もあるんじゃないかと思います。日本法人にも米本社にも知人はいますので」

「ハーバードの人脈なのか」

「それもあります」

「わたしもケニーは食わせ者というか食えない男だと思っている。どっちにしても、外資との提携は模索する必要があるのだから、友部にうまく立ち回ってもらうのはいいかもしれないいな」

「実は社長にも、ちょっとこの話をしました。高木常務と意見調整したうえで行動するように注意されました」

高木の眼に険が出た。事前に話さず、社長から聞くようなことになったら、高木はもっと厭な顔をするに相違ないと思うことによって、友部はさほど気にしなかった。

6

翌日、高木が社長執務室から戻ったのは、午前九時十分だった。

友部は、高木から手招きされて、常務室に入った。

「おはようございます」

「おはよう。社長は上機嫌で、友部はガッツがあると褒めてたぞ」

「恐れ入ります」

「北田頭取のアポが取れ次第、社長と名古屋へ行ってくる。ムダ足になる可能性のほうが高いが、それでも友部の意見に従うべきだということになったわけだ。東亜銀行が協立と統合することにならなければ、確実に東都生命を支援してくれたと思うが、なにが起きても不思議じゃない時代だからなぁ」

「北田頭取は話の分かる方だと聞いています。社長と常務お二人が腹を割って話されれば、ご理解を賜れるような気がしてなりません」

「そう甘くはないだろう。安太郎が出しゃばってなければともかく、修復できるか心もとないよ」

「安太郎には名古屋行きを明かすんですか」

「そんな必要はないだろう。神経を逆撫でするわけにもいくまい。庄司君には、安太郎からなにか訊かれたら、外資系生保とのネゴで、外出しているで通せと話してある。そんなところだ」

高木は、デスクの前に立っている友部に背中を向けた。

「失礼しました」

一揖《いちゆう》して退出しようとする友部を高木が椅子を回して、呼び止めた。

「ちょっと待て。もうひとつあった。外資系生保との接触は、友部の判断で適当にやってもらってかまわんからな。いちいち報告することもないが、大切なことはわたしに話してもらうのがいいだろう」

「承りました。ありがとうございます」

7

松永社長と高木常務が名古屋へ出張したのは、九月二十三日木曜日だった。

その夜、友部はDBジャパンのM&A部門のSVP（シニア・ヴァイス・プレジデント）のクリストファー・ホッグと会った。

朝、ホッグに電話をかけて、プライベートに会いたいと申し出たところ、ホッグは快諾した。とりあえず、帝国ホテルのラウンジで午後七時に待ち合せたが、友部が十分前に着くと、ホッグは五分前に現れた。

ホッグは長身で、彫《ほり》の深い顔をしている。年齢は三十八、九歳。友部とほとんど同じだとケニーの秘書の岡田晶子から聞いた記憶があった。

ビールを飲みながら二人は話した。むろんすべて英語である。

友部が高木とケニーに会った話をすると、ホッグは肩をすくめた。

「ケニーはAICと近い。というよりAICはケニーのスポンサーかもしれない。東都案件は、M&A部門にタッチさせず、ケニーが独断で仕切っているが、われわれが知り得ている限りでは、プレジデンシャルのほうが条件的に東都にとって有利なはずだ」

「ケニーはまったく逆のことをわれわれに話している。あなたが言っていることが事実だとすれば、背信行為ではないか」

「ケニーはどんなことを言ってるんだ」

友部は、人員カット、給与カットの件でＡＩＣとプレジデンシャルの相違点などを話すと、ホッグは聞いている間じゅう首を左右に振り続けた。

「プレジデンシャルがそんな厳しい条件を提示していることはあり得ない。東都生命をどうしても手に入れたがっているのは、プレジデンシャルのほうだ。プレジデンシャルジャパンはニューヨークの本部から東都生命を買収するためにはカネに糸目《いとめ》をつけるなと厳命されているはずだ。ＡＩＣは日本の生保界に相当食い込んでいるが、プレジデンシャルは出遅れているだけに、東都の暖簾《のれん》と機能は喉から手が出るほど欲しいわけだ」

「ケニーにこのことを話して、責めるわけにいかんのが辛いところだな。今夜はプライベートにあなたと会っていることでもあるしね」

友部はホッグの気を引くために、仏頂面で腕組みした。

「プレジデンシャルに直接アプローチしたらどうですか。ＤＢジャパンは、東都生命とアドバイザリー契約を結んでいるが、ＡＩＣやプレジデンシャルと接触してはならないなんていう条項は覚書に一行も書かれてないはずだ。わたしはケニーに不信感を抱いている。ＤＢジャパンを辞めることも視野に入れてるので、なんならわたしの名前をケニーに出してもかまいませんせん」

「それはやめておこう。ありがたい申し出だが、ミスター・ホッグを傷つけるつもりはない」

「ケニーは、ＡＩＣの代理人と考えたほうがいいでしょう。プレジデンシャルジャパンにケヴィンというマネージメント・ディレクターがいます。ミスター・トモベがアプローチすれば、喜んで会うでしょう」

「相手がＭＤともなると、ヴァイス・プレジデントのわたしでは軽過ぎます。然るべき立場の者を差し向けるようにするのがいいと思う」

「そんなことはない。ミスター・トモベなら、誰でも会います。東都生命の行く末を最も深刻に考えてるのはよく分かっている」

「ミスター・ホッグには感謝してる。お礼に〝北京〟の中華料理をご馳走させていただきます」

友部とホッグは、帝国ホテルタワー館地下一階の〝北京〟に移動した。

個室は取れなかったが、誰に見られても不都合はない。たとえケニーと鉢合せしても。

白ワインを飲みながら、ホッグが訊いた。

「東都生命は、外資に身売りすることに決めてるのか」

「そんなことはない。まだタオルを投げるほど傷んではいない。自主再建の道も残されている。五〇《フィフティ》―五〇《フィフティ》っていうところですかねぇ」

「東都生命のブランド価値は、外資にとって垂涎の的だが、トップに問題があるのかねぇ」

「大ありだ。リーダーで企業は変る。東都生命を強くしたのも安東だが、倍以上弱くしたのも安東だ。もっと早く安東はリタイアしなければいけなかったんだ」

「ザ・セイホのパワーが恐れられた時代もあったが、長くは続かなかったな」

「バブル期に増長し過ぎた咎めをいま受けているわけだ」

友部のズボンの中でケータイが振動した。

「エクスキューズ・ミー」

友部は、外へ出た。高木からの発信だったからだ。

「いま、どこにいるのかね。わたしは東京駅でタクシーを待っているところだが、なんならめしでも食わんか」

「申し訳ありません。DBジャパンM&A部門SVPのホッグと会っています」

「そうか。会食中なんだな。じゃあ、あすの朝イチで話そう」

「失礼しました」

時刻は午後八時二十分。高木がまっすぐ帰宅する気になれなかったのは、成果があったからだろうか、と友部は思わぬでもなかった。

友部はトイレで用を足してから、〝北京〟に戻った。

「高木からの電話だった。食事を誘われたが、ミスター・ホッグと会食中だと言って、断った。今夜、あなたと話したことは、高木にオープンにしてかまわないのか」

「オフコース。ケニーには注意するに越したことはないと伝えてもらいたい」

「AICの代理人であることもね。AICも東都生命に食指を動かしていることも事実なんだな」

「オフコース。東都生命にはそれだけの魅力があるっていうことだ。ただし、プレジデンシャルとの温度差は相当あるんじゃないかな。ケニーは東都生命の利益よりもAICの利益を優先している。もっと言えば、自身の利益を最も優先しているっていうことだろう」

この夜、友部がホッグと別れて、タクシーで帰宅したのは午後十時に近かった。

8

翌朝、友部は八時に出社し、八時二十分に高木と会った。

「北田頭取は大変好意的で、われわれの苦衷は察して余りあると言ってくれた。結論はどうあれ、支援を前向きに考えたいということだったが、安太郎が名古屋に乗り込んだときに協立銀行の意向を打診し、ネガティブだったこととの整合性が取れないので、協立に連絡せずに独断で踏み切るのは難しいかもしれないと首をひねっていた。だが、新聞にリークして、観測気球を上げるというか、憶測記事を書かせることは可能かもしれないと気を持たせるようなことも言ってたので、一縷《いちる》の望みはあるかもなぁ。とにかく安太郎の評判が悪すぎる。セントラル自動車の首脳部もボロクソに言ってるらしいよ」

「安太郎に名古屋へ行かせたことが失敗でしたね。クビを差し出すとまで言わなければ、安太郎も自重したと思いますが」

「社長は、安太郎ともう一度対峙してみると言ってたが、クビを取ることは難しいだろうなぁ。ところで、DBのホッグとはどんな話をしたのかね」

友部は、昨夜のホッグとの話を淡々と打ち明けた。

「ケニーはＡＩＣの代理人ねぇ。あり得るな。プレジデンシャルと接触してみたらいいだろう。名門、老舗の東都は、すでに破綻した生保とはブランド力が異なることは確かだ。プレジデンシャルとの提携の選択肢は初めから視野にあったことでもある。ケニーの鼻をあかす結果になっても、なんてことはない」

「ケニーの背信行為が立証できたら、ＤＢとのアドバイザリー契約を解約すべきかもしれませんね。損害賠償を請求したいくらいです」

「社長の耳にも入れておこう」

話は十分で終った。

この日午後二時に、友部はプレジデンシャルジャパンのマネージメント・ディレクターのケヴィンと面会した。電話で簡単にアポが取れたのだ。同社は新宿の高層ビルにあった。

友部は、ホッグから聞いた話を念頭に置いて、巧みにケヴィンの裏付けを取りつけることができた。つまり、ホッグの話はきわめて正確だったことになる。

「貴社が東都生命に深い関心を示していることに感謝します」

「わたしの話はＤＢを通じてミスター・トモベにも伝わっていると思っていたのですが」

「はい。かなりの部分は聞いていますが、フェイス・トゥ・フェイスで聞くのとでは感触が違います。あなたにお会いできたことを感謝します」

「プレジデンシャルはグループをあげて東都生命との提携を願っています。特にニューヨークの本部は、建設中の赤坂のビルを東アジアの拠点にしたいとまで言い出す始末です。あのビルは場所柄といい、機能といい東京でも指折りのオフィスビルになるんじゃないですか」

「ありがたいお話です」

友部はケヴィンとこんなやりとりをして、帰社した。

デスクの上のメモに、〝高木常務が至急お会いしたい、とのことです〟とあった。

高木の在席を確かめて、友部は脱いだばかりの背広を着ながら、常務室に向かった。

「きみの外出中に社長に呼ばれたが、会長と話したそうだ。名古屋に出向いたことを明かしたら厭な顔をされたが、北田頭取が支援に前向きだと話したら、きみにまかせると言ったらしい。老兵は消えさるのみかなと、退任を匂わせたとも社長は話していた。気持ちは揺れ動くものだが、安太郎が自ら退いてくれたら言うことなしだ。社長が友部によろしくと言ってたぞ」

「光栄です。わたしはプレジデンシャルのMDのケヴィンと会ってきました。DBのホッグの話は百パーセント事実であることが分かりました。ニューヨークの本部は赤坂のビルを東アジアの拠点にしたいとまで考えてるそうです」

「AICとも接触してもらうのがいいな。両社が東都に関心を持ってくれてるのはけっこうなことだ。DBをいきなりないがしろにするわけにもいかんが、DBまかせでは情報が片寄ることは確かなことが分かったのだから、ウチはウチでAICともプレジデンシャルとも、直接話をしていっこうに構わないと思う。DBのケニーが四の五の言えた義理でもあるまい」


九月二十八日付全国紙の朝刊に、〝東亜銀、東都生命を支援へ〟の三段記事が一面に掲載された。「東亜銀行の首脳が語った」とも書いてあるのを読んで、友部は北田頭取自身かどうかはともかく、エールを送ってくれたのだと理解した。

三千億円の融資額も具体的に報じていた。

アナウンス効果は予想を超えて大きく、久方ぶりに東都生命の本社の役職員も全国の営業一線のセールス・レディも元気づけられたに相違なかった。

友部は夕方、上司たちに話してから、部下たちを会議室に集めた。

「先週の木曜日に、松永社長と高木常務が名古屋へ出張し、東亜銀行の北田社長に面会しました。最終的に東亜が東都を支援してくれるかどうかは分かりません。東亜と統合する協立銀行の出方は厳しいと予想されるからです。しかし、アナウンス効果はてきめんで、解約、セールス・レディ流出抑止にプラスの影響がもたらされることは間違いないと思います。東都生命が経営危機に直面していることは事実ですが、どういう結果になろうと、きみたちが東都から去らねばならないようなことには絶対なりません。安心して業務に精励してください」

若い職員が挙手をして発言を求めた。

「どうぞ」

「外資系生保との統合、提携は確実だという情報もありますが、どうなんでしょうか」

「確実は違うと思います。東亜銀行の全面的な支援が得られれば、その必要はありません。しかし、執行部が外資との提携を視野に入れていることは事実です。その可能性もあり得るということだと思います」

「友部副参事が、ＡＩＣやプレジデンシャルと接触しているのは事実なんですか」

同じ男の質問だった。

「事実です。しかし、打診、雑談程度の話をしてますが、副参事の立場では踏み込んだ話はできません」

「友部副参事は、トップを引き回すほど凄いパワーの持主だと聞いています。われわれ下々にも、情報を共有できるように考えていただければ、ありがたいです」

友部は、こいつ俺に含むところでもあるのだろうか、それにしても力量は認めざるを得ないとおもいながらも、笑顔で応えた。

「そんなパワーはありません。わたしが入手できる情報量は知れてますが、知り得た情報はきみたちに流すように心がけます」

第六章　人事異動

1

一九九九（平成十一）年十一月三十日の夜十一時過ぎに、友部陽平は、御茶ノ水の自室マンションで宮坂雄造からの電話を受けた。

「もしもし、宮坂ですが」

「友部です。こんばんは。こんな時間にどうしたの」

「ビッグ・ニュースがあるんだ。あす十二月一日付で、安太郎が退任することになったぞ。今夜、松永社長に安太郎のほうから、そういう申し出があった。二人はきのうもおといも遅くまで差しで話してたが、安太郎が社長の強い意向を了承したということだと思う」

「社長のほうから仕掛けたのか。安太郎はよくぞ応じたなぁ」

「社長は、あなたが会長を辞めないのなら、わたしが社長を辞めると安太郎に迫ったようだ」

「宮坂は庄司秘書室長から聞いたんだな」

「うん。社長は面やつれするほど疲れた様子だった。エレベーターホールでちらっと見かけたが、びっくりしたよ」

「それだけ必死だったんだな。安太郎に引導を渡したとは、松永社長を見直したよ。安太郎が退任しなければ、東都生命の明日はなかった。まだまだ、いばらの道は続くと思うけど、少しは希望がもてる。薄日が射し込んできた感じもなくはないな」

「いつも冷静な秘書室長が相当興奮してたからねぇ。応接室に呼ばれて、この話を聞いたのは一時間ほど前のことだが、わたしはまだ心臓がドキドキしてるよ」

「きみはまだ会社なのか」

「いや。いま帰宅したばかりだ。秘書室長は、常務以上の役員に連絡してる。あす中に安東会長の退任を常務会で正式に承認することになっている。秘書室長から内緒で友部には連絡したらいいなと言われたんだ。友部が安太郎退任を社長に進言したことが、きっかけになっているからだと思うよ。社長は、そのことを秘書室長に話したんじゃないか」

「欲を言えば、あと二年安太郎の退任が早まってれば、もっとよかったんだろうな。上層部の危機感の欠如は救い難かった」

「あの安太郎をくどき落した社長は立派じゃないか」

「遅きに失した嫌いはあるが、ま、それでもよくぞやったとは言えるかもな。社長は東亜の支援を期待してると思うが、そんなに甘くはないような気がする。〝銀行村〟も厳しいからなぁ。無い袖はふれないっていうことだってありうるんじゃないか」

「あした以降、東都生命はいろんな動きがあるんだろうな。遅い時間に悪かった」

「朗報をありがとう。おやすみ」

友部が、二つのベッドルームを覗くと明日香も太も寝入っていた。

友部が薄めの水割りウィスキーで、祝杯をあげているとき、電話が鳴った。

「もしもし」

「高木だが、起こしたか」

「いいえ、起きてました」

「凄いニュースが入ってきたぞ。安太郎が会長退任を了承したそうだ」

「ほんとうですか」

「今しがた社長から直接電話がかかってきた。社長は辞表を懐に、三日間も安太郎と膝詰め談判をしてきたと話していた。おまえだけには知らせておこうと思って」

「ありがとうございます」

「社長と深夜に電話の長っ話になったが、年明け早々にも組織改変と人事異動を断行したいということだった。あしたから忙しくなるぞ。人事部にまかせておける問題ではない。友部にも、ひと踏ん張りしてもらうからな」

「はい」

「興奮して、寝つかれないが、友部と話して多少気持ちが鎮静化した。水割りを一杯飲んで寝るわ」

「わたしも、一杯飲まないことには眠れそうにありません」

「じゃあ、お互いに祝杯をあげるとするか」

「その前にちょっとよろしいですか」

「なんだ」

「余計なことかもしれませんが、あすの朝一番で、東亜銀行の北田頭取に社長から報告していただくのがよろしいと思いまして。アナウンスしてくださったのですから」

「なるほど。いいことに気がついたな。わたしから、朝イチで社長に話そう」

「失礼しました」

「いや。おやすみ」

「おやすみなさい」

友部は一杯どころでは済まなかった。頭が冴えて、就眠するまでにボトルの三分の一ほどもあけてしまった。

2

高木の進言を容れて、松永は翌日午前九時に東亜銀行の北田頭取に電話をかけた。

「実は北田頭取にご報告したいことがあるのですが、なんでしたら、いまからでも名古屋へ出向きますが」

「ご用向きがどういうことか分かりませんが、それには及びません。所用で上京します。わたしが松永さんをお訪ねしましょう。午後四時頃でいかがでしょうか」

「とんでもない。それでしたら、わたしが大手町の東亜銀行さんの東京支店にお伺いします。ぜひともそうさせてください」

「いつぞや名古屋まで来ていただいたので、今度はわたしがお訪ねする番です」

「そうおっしゃらずに、ぜひお願いします。何時にお伺いしたらよろしいでしょうか」

「そうですかぁ。心苦しいですねぇ。それではお言葉に甘えて、午後三時にお待ちしております」

松永が北田に会って、安東会長の退任を伝えると、北田は「そうですか」と拍子抜けするほどあっさりした返事で、松永を落胆させた。

松永は気を取り直して、居ずまいを正した。

「ついては、東亜銀行さんのご支援をお願いしやすい環境が整ったのではないかと思いまして、失礼をかえりみずお邪魔させていただいた次第です」

北田は仏頂面でゆっくりと緑茶を飲んで、なかなか返事をしなかった。

「その前にお礼を申し上げるのを忘れてました。東都生命支援のアナウンス効果は絶大なものがありました。厚くお礼申し上げます」

「広報部長にリークさせたのですが、さっそく協立銀行の阿川頭取からお目玉を食らいました。東都生命にかまけていられる場合ではなかろうというわけです。当行だけの判断で、東都さんを全面支援することは困難な情勢です。それどころか協立銀行は、直ちに支援打ち切りを表明しろと強く言ってくる始末です。わたしが本日上京したのも、阿川頭取と意見調整するためですが、わたしは一応押し返しました。東都生命の破綻はあってはならないと考えるからです。ただ、安東会長の退任は、けっこうなこととは思いますが、遅すぎましたね」

「東亜銀行さんに見限られましたら、東都はお手上げです」

「そんなにも業容が悪化してるんですか」

「アナウンスしていただいたお陰で、資金の流出が相当減少しましたが、東亜銀行さんに支援打ち切りを表明されましたら、銀行でいう取り付けみたいなことになります」

「なんとか支援したいと思います。協立の了解を得たいと思いますが、当初のスキームどおり三千億円の資金援助で、東都さんが立ち直る保証があるのでしょうか」

「絶対に立ち直れます。ソルベンシー・マージン比率が六〇〇パーセントになります。資金の流出も、人材の流出も止まりますから、その点はご懸念には及びません」

「繰り返しますが、当行だけで判断することは難しくなっていることが気がかりです。上位行の圧力は強烈ですから、神経をすり減らされます。しかし、名門の東都生命を破綻に追いやるようなことになったら、東亜銀行の名折れでもあります。なんとしても頑張り抜きたいと思っています。頑張り切れるかどうか分かりませんが……」

「ありがたいお言葉を賜り、意を強くしております」

松永は低く低く頭を下げた。

北田の表情がいっそう厳しく引き締まった。

「繰り返しますが、協立銀行は強い銀行ですから、頑張りきれるかどうか、説得できるかどうか、自信はありません。阿川頭取は大学の後輩なので、最後はわたしを立ててくれると思ってるのですが、かれは国際派なので、行内の支援基盤が弱体なことが気がかりです」

東亜銀行は、なぜ協立銀行などと統合しなければならないのか。北田の経営判断は間違っている、と言えるものなら言いたいくらいだったが、松永はふたたび低頭した。

「東亜銀行さんに見限られましたら、外資系に頼らざるを得ません。職員がそれでハッピーだとは考えにくいと存じます」

北田が冗談ともつかず言った。

「外資に身売りして、うまくいってる生保もあると聞いてますが、東都さんは名門生保ですから、パワーが違います。身売りではなく提携でしょう。そういう選択肢もあるんじゃないですか」

「頼りになるのは、東亜銀行さんだけです」

松永は真顔で言い返した。

3

翌十二月一日の午後三時過ぎに、高木が企画部の理事、参事役、副参事役クラスを会議室に招集した。

「昼食を挟んで、社長と三時間ほど話し込んだが、結論から言うと、東亜銀行の支援が得られる可能性は五〇—五〇ということだった。これを六〇—四〇、できれば七〇—三〇にするためにも、思い切った組織改変と人事異動を断行したいというのが社長の方針だ。いわば東亜銀行が東都生命を支援しやすい受け皿づくりをしたいというのが狙いだが、ついては企画部と人事部で立案するためのプロジェクトチームを組成したいと思う。チームのメンバーはわたしに一任させてもらう。きょうの会議もオフレコだが、社長から示された原案の大筋は話しておく。一つは執行役員制度の導入。二つは営業部門の立て直しが焦眉の急なので、営業本部制を敷きたいということだ」

高木は空咳をして、五秒ほど間を取った。

「営業本部はマーケットの地域特性に合わせた営業体制を構築したいという狙いもあるが、地域ブロック別に全国に十営業本部を新設するのはどうか、というのが社長の方針だ。法人本部を含めて社長の直轄にしたいとも言ったが、反対する理由はないと思う。三つ目が最も肝心要の本社組織をどう改変するかだ」

高木がふたたび空咳をした。相当ハイテンションだ。松永と長時間話し込んで、高揚、興奮していると見てとれた。

「ウチは東亜銀行の大株主で、親密な関係にある。三千億円もの巨額融資を求めているのも、東亜銀行にはそれだけの体力があると考えてのことだ。社長は遅ればせながら全権を掌握した。その意気込みを誇示するためには、拙速でも受け皿づくりを急がなければならない。社長の危機感と使命感をわたしは全力で補佐し、支えたいと思う」

松永社長も高木常務も、もっと早く安太郎を退治することに躰を張らなければいけなかった——。

だが、覚めた目で見てはいけない。もっと熱くならなければ、と友部はわが胸に言い聞かせた。

「筒井と木原《きはら》には、人事部と連携して、本社組織の再構築の叩き台を作ってもらおうか。ここにいる者全員、いや全ての企画部員がフォローするのは当然のことだが、人事部長には先刻、その旨を話しておいた」

筒井厚志は理事待遇の部長、木原一《はじめ》は上席参事役で、部長待遇だ。筒井は慶応大学経済学部、木原は早稲田大学教育学部出身で、一九六八（昭和四十三）年と六九年に入社した。取締役人事部長の三好明は、元従業員組合書記長で、慶応大学法学部出身だ。

「以上だが、ここは正念場と思って、奮起してもらいたい」

高木の声がしゃがれていた。

友部が自席に着こうとしているとき、高木に手招きされた。

友部は仏頂面で、高木の個室に向かった。

筒井や木原の視線を頬に感じたからだ。

「友部は、とりあえず受け皿の叩き台づくりに参加しなくていいからな」

ソファで向かい合うなり、高木は厳しい顔で言い放った。

「どういう意味ですか」

「おまえには別の仕事をしてもらいたいんだ。社長とＡＩＣなりプレジデンシャルの外資系と接触することを考えてもらうのがいいと思う」

「ちょっとお待ちください。失礼ながら、わが耳を疑わざるをえませんが」

友部は顔色を変えていた。

「さっきの話と矛盾すると言いたいのは分かるが、危ない生保の筆頭格の東都に東亜が巨額融資してくれるという保証はない。二股膏薬《ふたまたごうやく》はこの際、しょうがないだろう」

「虻蜂《あぶはち》取らずにならないとも限りませんが」

さっきのハイテンションはなんだったのかとの思いで、友部は顔をしかめた。

高木が吐息まじりに言った。

「社長は、東都の行く末を考えると夜も眠れないとも言われた。自爆、悪あがきに終ることも大いにあり得るともおっしゃっていた。社長の苦衷は察して余りあるよ」

「トップがここまで頑張ってるんですから、従業員の士気も高まるんじゃないでしょうか」

「わたしも、職員のヤル気を期待してるし、ヤル気のない者は去るしかないと思う。だがヤル気だけでは、どうにもならないのが東都生命のおかれている現実だろう。東都生命破綻確実かと全国紙に書かれたら、一巻の終りだ。友部も風評の恐怖は、骨髄に徹してるだろう」

いまさらながら、安東太郎が大日生命の鈴木社長に風評営業でクレームをつけたくなる気持ちも分かるような気がしてくる。友部は背筋と脇の下に冷汗が流れるのを意識した。

「しかし、東亜銀行が三千億円の融資に応じてくれる可能性は高いんじゃないでしょうか。わたしは外資と接触しましたが、それがムダ骨に終わって、よかったと思いました」

「社長は、じかに外資系の感触も得ておきたいらしい。そのニュアンスが分からないほど友部は莫迦じゃないだろう」

「莫迦なことは百も承知しております」

「とにかくわたしのいうことを聞いてくれ」

高木は声高に言って、友部を睨みつけた。

友部は伏し目がちに声量を落とした。

「釈然としませんが、常務の命令に背くわけにも参りません。わたしは、なにをすればよろしいのでしょうか。具体的におっしゃってください」

「ＡＩＣとプレジデンシャルの外資系二社の日本代表のアポを取るように動いてくれないか。社長に接触してもらうのがいいと思う」

「社長もご承知なのでしょうか」

「もちろんだ」

「失礼しました」

友部は時計を見ながら、一揖した。時刻は午後七時二十分。

「あすの朝イチで、アポを取るようにします」

「友部には、次の人事異動で参事役になってもらうからな。部長と次長の中間っていうところだ」

どこか取り入るような響きがある。気のせいかもしれない――。

友部は起立して、無言で低頭した。


翌朝九時に、友部は秘書室へ出向いた。

取締役秘書室長の庄司は、席を外していたが、宮坂が在席していた。

宮坂は、安東付から、社長付に替ったので、都合がよかった。

「友部が現れる頃だと思ってたら、予想どおりだったな。きのう高木常務からなにか聞いたんだろう」

宮坂は席を立って、応接室に友部を案内した。

「社長と高木常務が話したことが、友部に伝わるのは分かっていたからな」

友部の頭の切り換えは早かった。

「外資系を押えておくのも、それなりに意味があるだろう。社長と外資系二社のトップとの会談をアレンジするよう高木常務から指示されたんだ」

「わたしも、社長から、それを急ぐように命じられた。組織改変と人事異動を行う前に、社長は外資と接触したいらしい」

「社長のスケジュールはどうなってるんだ」

「スケジュールはどうでもいい。先約をキャンセルしてでも、そっちを優先したいというのが社長の意向なんだ」

「分かった。さっそく、アポを取るようにしよう」

「この電話を使っていいぞ。そのほうが早いだろう」

友部は腕組みして、考える顔になった。

ＡＩＣなり、プレジデンシャルなりの日本代表の秘書と連絡するのがいいのか、すでに部長クラスのＳＶＰと面識があるので、かれらの顔を立てるほうが得策かもしれない、と二つの考えが頭に浮かんだ。

友部は後者を選択し、背広の内ポケットから名刺入れを取り出した。

最近面会したばかりなので、名刺入れに二枚の名刺があることは間違いなかった。

友部は名刺を見ながら、まずＡＩＣのほうのダイヤルをプッシュした。

ＡＩＣジャパンのマネージメント・ディレクターのポール・スミスは在席していた。

「先日お目にかかった東都生命の友部ですが、実は松永社長が御社の代表にお目にかかりたいと申してます。至急、スケジュール調整をしたいのですが。秘書を通したほうがよろしければ、そうさせていただきますが、いかがいたしましょうか」

「わたしにおまかせ願いましょうか。松永社長のご都合をお聞かせください」

「松永は大変たて込んでおりますが、できる限り、ＡＩＣ代表の日程に合せたいと申しております。そちらの日程を二、三先にお聞かせ願います」

「承知しました。トーマス・ウッド代表の日程を確かめて、折り返し電話させていただきます。十分後には電話をさしあげられると思います」

「お待ちしてます」

宮坂がぽかんとした顔を急いで引き締めた。

「たまげたなぁ。友部のカンバセーションがここまで凄いとは知らなかったよ」

「要するに十分後に折り返し向こうの都合を電話してくるということだ。プレジデンシャルも然りだろう。わたしは席に戻るからな。二、三十分後にまた顔を出すよ」

役員の在・不在を知らせるボードを見上げながら、友部がつづけた。

「社長は在席しているんだな」

「午前中はいらっしゃる。友部の行動力には頭が下がるよ」

「自然体、ごく普通だと思うけど。この程度で驚いてるようじゃ、秘書はよっぽど暇と見えるな」

「ひと言多いじゃないか」

宮坂がわざとらしく、ふくれっ面で言い返した。

4

東都生命の松永社長が、ＡＩＣジャパン代表のトーマス・ウッドとは、十二月六日午後二時、プレジデンシャルジャパン代表ロバート・スタインとは、八日午後二時に面会することが二日の午前十一時までに決まった。面会時間はいずれも一時間と予定され、松永が両社を訪ねることになった。

ＡＩＣも、プレジデンシャルも、当方が出向くと言ってきたが、松永はそれには及ばぬと主張して譲らなかった。仕掛けたほうから出向くのが筋だから、当然といえば当然である。

友部が通訳で同行するのは、最初から決まっていたことだ。

二つのトップ会談を通じて明らかになったことは、ＡＩＣもプレジデンシャルも、東都生命との提携に意欲を示したことだ。

このことは、友部が両社と接触した限りでも同じだった。トップ会談でオーソライズされただけのこととも言える。

問題は提携の形態だ。東都生命は相互会社だが、ＡＩＣもプレジデンシャルも日本での出先、現地法人である株式会社だ。

三社提携は複雑であり過ぎるので、現実的ではない。

二者択一しかない。ＡＩＣはプレジデンシャルを、プレジデンシャルはＡＩＣを強く意識していることは明白だった。

相互会社を短時間で株式会社化することは不可能だ。

外資と資本提携するとすれば、ジョイントベンチャー、合弁会社方式が浮上してくるが、これとて技術的な問題が余りにも多く、システムをどう構築していくか、準備に時間を要し、急場に間に合うかどうか。

日本法人を飛び越えて、本体と統合する方式が可能かどうか——。

難題は山積していたが、世界の生保で一、二を争うＡＩＣとプレジデンシャルが東都生命に強い関心を寄せている事実が確認できただけでも、収穫は少なくないと、プレジデンシャルジャパンからの帰りの車の中で、松永は友部に語ったものだ。

「友部君の英語力については、かねがね凄いと聞いていたが、二度のトップ会談で実感したよ」

「恐れ入ります。会社でＭＢＡ取得のためにハーバードで学ばせていただいたお陰です」

「英語力の強さは、ＭＢＡを取る前からだろう。頼りにしてるからな」

「頑張ります」

帰社後、友部は高木に会った。高木が報告を求めてくることは予測されたことだ。

ソファで向かい合うなり、高木がにこやかに語りかけた。

「社長の様子はどうだったの」

「両トップとも、東都に対して好意的かつ関心も高いことが実感できましたので、社長はご機嫌だったと存じます」

「リップサービスってことはないのかね」

「両トップとのやりとりを考えますと、リップサービスとは考えにくいと思います。東都生命は腐っても鯛です。その機能なり潜在能力は、すでに破綻した生保とは比較になりません。両社とも喉から手が出るほど東都が欲しいんじゃないでしょうか」

「以前、友部から聞いたが、プレジデンシャルは、赤坂に建設中の高層ビルについて、ほんとうに関心があるのかね」

「きょうのトップ会談でも、向こうからその話が出ました。日本を中心とする東アジアの拠点にしたいと先日、わたしが聞いた話と寸分違わぬ話がプレジデンシャルのトップから出たのですからびっくりしました。社長も喜んでおられました」

「AICと組むことになったとしても、赤坂のビルを切り離して、プレジデンシャルが売却に応じてくれる可能性も、少しはあると思うか」

「あるんじゃないでしょうか。プレジデンシャルの象徴として、恰好の高層ビルで、都心の一等地にあれだけの物件はもう出ないかもしれません。少しどころではなく、売り手市場ということも考えられます」

「いいことずくめの話だが、取らぬ狸の皮算用にならなければいいが」

友部が首をかしげた。

「外資系との提携はあくまでも、第二義的なことだと存じますが」

「うん。東亜銀行がどう出るかのほうが先だな。東亜銀行に外資と接触したことを話したほうがいいと思うか」

「フェアではないとも言えますが、東亜銀行だけが頼りだという姿勢を取るべきだと存じます」

「分かった。友部の考えが正しいだろう」

高木が下がってよろしい、と手で示した。

5

東都生命の本社組織が十五部から六グループ三十チームに改変されたのは二〇〇〇（平成十二）年二月十日のことだ。

六グループは、経営企画、業務、財務、経営管理、お客様サービス、総合リスク管理である。経営企画グループは企画、関連事業、システム企画、経理、数理、広報の六チームだ。友部は企画チームの参事役で、筒井と木原が上司であることに変わりはなかった。

経営企画グループの管掌《かんしょう》は、専務に昇格した高木で、業務、財務両グループ管掌の高橋健雄専務と並んで代表権を持つ社長補佐に任命された。

また、社長直轄の営業本部は、北海道（札幌市）、東北（仙台市）、関越（大宮市）、東関東（千葉市）、東京（中央区）、西関東（横浜市）、中部（名古屋市）、関西（大阪市）、中・四国（広島市）、九州（福岡市）の十本部が設置された。

営業本部制の導入は営業現場に少なからぬ混乱をもたらした。準備期間、助走期間が極度に短縮されたのだから、それも当然といえる。

東京本社から全国の営業現場に駆けつけた説明要員の中に、友部も含まれていた。

友部は中・四国営業本部を希望し、広島の本部と岡山、松江など傘下の営業支社を回った。

営業本部制導入の目的などを説明するためだが、地方の現場はのどかなもので、危機感の欠如は腹立たしいほどだった。

東都生命がおかれている状況は、解約ラッシュによって現場は身に沁みて感得していなければならないはずなのに、松江など営業支社の総務、業務、指導などの担当者にそうした意識は乏しかった。

大都市ほど解約ラッシュが激しくないことも影響しているのだろう。

「営業本部制の導入は、営業現場に危機感を持ってもらいたいからにほかなりません。東都生命は危急存亡の秋《とき》にあり、営業部門にたずさわっている皆さんが頑張らなければ、東都の明日はありません」

友部は、各営業支社で、こんな話を繰り返したが、士気を高め、ヤル気を起こさせるのは気が遠くなるほど難しいと思わざるを得なかった。

友部は時間をやりくりして、十数年ぶりに玉造温泉の陽光園を訪問した。

家庭教師をした島田光男は、九州大学経済学部を出て、いまは副社長の立場で陽光園の経営を仕切っていた。

「立派な経営者になられましたね」

「友部先生のお陰です」

「なにをおっしゃいますか。それに先生はやめてください」

「わたしとしては、友部先生としか申しようがありません。九大に入れたのは、先生のお陰ですし、家内との出会いも九大です。年賀状と暑中見舞いだけで失礼してますが、恩人にたいして申し訳ないと思っています」

「お母さんはお元気にされてますか。いつも美味しい松葉蟹をご恵贈いただいて、感謝してます」

「あとでご挨拶に来ると申してました。女将の存在感は相当なものです。陽光園は母で保《も》っていると自他共に認めてますよ」

ほどなく島田邸の客間に和服姿の優子が現れた。

五十八歳になったはずだが、驚くほど若く見えた。

「よくいらっしゃいました」

「敷居が高くて、ずいぶん迷ったのですが、松江支社へ来て、島田家にご挨拶しなければバチが当たります。それにしても、容色衰えませんねぇ。お若いのにびっくりしました」

「お上手ねぇ。でも、お世辞と分かっていても嬉しいわ」

「お世辞なんて、とんでもない。心身ともに健全で、お仕事をなさってるから、いつまでも若々しいんじゃないでしょうか」

「友部さんは東京本社で偉くなられて、わたくしどもも嬉しいです」

「東都生命が安泰ならよろしいのですが、ご存じのとおり厳しい状況が続いております。難局から脱却するために、微力を尽してますが、まだ先が見えません」

優子が憂い顔で、光男と目を合せた。

「竹山先生がお元気でしたら、東都生命さんはびくともしなかったと思いますが」

「安東体制が永く続き過ぎました。権力は必ず腐敗します。ただし、東都はなにがあろうと契約者、クライアントを守ることに徹しますから、ご安心ください」

優子が笑顔で応じた。

「解約なんかするつもりはありません。先日も、幸子女将と話したのですが、東都生命さんを裏切るようなことは致しませんということで意見が一致しました」

「ありがとうございます。芳野幸子さんはお元気でいらっしゃいますか」

「まどかさんが若女将になって、頑張ってますから、幸子さんは楽ですよ。ゴルフざんまいなんじゃないかしら」

まどかは奈良女子大文学部英文科に進学したことを思い出して、友部は懐かしさを覚えたが、不思議なことに幸子とわりない仲になったことは失念していた。そのことを思い出して、顔を赭らめたのは、帰りのタクシーの中だ。

「松江支社長は、たまには顔を出してるんでしょうか」

優子は、光男と顔を見合せながら、ゆっくりと首を左右に振った。

「午前中にも支社長たちと話をしたのですが、緊張感、危機感の欠如は救い難い状態です。組織が変って、混乱していることもあるのですが、営業現場の士気の停滞は松江に限らず、困ったものです」

「河上支社長、友部主任の頃が全盛時代でしたねぇ」

「女将に皮肉を言われても仕方がないと思います」

友部は三十分ほどで島田邸から辞去した。

第七章　更生特例法

1

二〇〇〇（平成十二）年九月中旬以降、東都生命の解約ラッシュが再び本格化し始めた。有力経済誌のＤ誌が九月十六日号で〝東都生命支援打ち切りへ傾く東亜銀行〟の記事を掲載したことが、その引き金となった。

Ｄ誌の記事を読んだとき、友部陽平は身ぶるいが止まらず、悪寒を覚えたほど激しく心が揺れた。

東亜銀行が東都生命保険の支援を打ち切る可能性が出てきた。これは、人材の流出、優良契約の解約、営業の弱体化などにより、東都生命の内容が予想以上に悪化しており、適正な利益を上げるビジネスモデルの構築に苦慮しているため。

東亜銀行は従来、三〇〇〇億円を上回る資金援助により、三月末現在二六三・一%のソルベンシー・マージン比率を六〇〇%以上にするとともに、営業面、人的支援などを行って再建を全面的にバックアップする姿勢をみせていた。そうした姿勢に沿って、インターネットや電話など新しいチャンネルの開拓などにより、大幅な逆ザヤを抱えながらも適正な利益を生み出す再建計画の策定を検討してきた。

しかし、優良な人材と契約の流出は予想以上で、東亜銀行の協力を得ても再建は厳しいとの認識が深まっている。東亜銀行と親しい優良生保他社も、資本はもちろん、人材の協力も無理という姿勢。

支援打ち切りとなれば、経営破綻は必至で、更生特例法による処理が有力となる。

迅速な受け皿探しを狙って、更生特例法が適用されると、基金九〇〇億円(うち償却積立金一一〇億円)、劣後ローン七七〇億円、劣後債一〇九億円などの負債が債務超過の額に応じて一律カットされることになり、劣後ローンを提供している金融機関、企業などに大きな影響がでる。ちなみに東亜銀行の東都生命に対する基金、劣後ローンなどの債権額は約一〇〇〇億円とみられる。

また、東都生命は数年前まで大手生保の一角であり、知名度も高いことから、もし破綻となればその影響は計り知れない。

一九九七年の産日生保のときのような解約ラッシュも予想され、生保業界は再び大きな荒波に襲われることになる。

D誌の九月十六日号が発売された九月十一日の午前十一時に、友部は広報室課長の吉井明を企画部の小会議室に呼んだ。吉井は入社年次が一年後輩である。

吉井の面長の顔が蒼白にゆがんでいた。

「D誌と接触したのか」

「ええ。事実無根だから、訂正記事を大きく書くように副編集長に言いました」

友部が眉間に深い皺《しわ》を刻んで、小首をかしげた。

吉井が本気で事実無根だと思っているのか訝ったのだ。記事はおおむね正確である。

「それに対するレスポンスは？」

「訂正記事はあり得ないと嗤ってました。事実無根と言えるものなら反証して欲しいとも」

「わたしに言わせれば、D誌ともあろう一流の経済誌がこういうタイミングで書いた見識を疑いたいな。東都生命が破綻となればその影響は計り知れないと書いている。この記事が普通の週刊誌なら、まだ影響力は限定的なもので済むが、有力経済誌となればそうもいかない。一般紙が後追いする可能性も出てくるだろうな」

「事実、各紙の経済部から、引っ切り無しに電話がかかってきてます。事実無根で通してますけど」

「ニュース・ソースはどこなのか訊いたのか」

「ニュース・ソースを明かすことはあり得ません。ご想像におまかせするって、はぐらかされただけでした」

「東亜銀行じゃないと思う。協立銀行がリークしたんだろうか。松永社長も、そういう見方をしてたが……」

「わたしも広報室長から聞きました」

吉井が友部を凝視した。

「広報室は、事実無根で押し通してます。室長の独断かもしれませんけど、それ以外に手はありません。参事はどう思われますか」

「仕方がないんじゃないか。結果がどうあれいまは大火にならないように最大限の努力をする以外にないものな」

ノックの音が聞こえ、事務員の若い女性がメモを入れてきた。

〝宮坂秘書課長からお電話です〟とメモにあった。

「ここに回して」

「はい」

女性事務員が退出して、一分後に電話が鳴った。

「はい。友部です」

「宮坂です。社長は三十分近く北田頭取と電話で話してたが、東亜銀行はまだ結論は出てない、検討中で通してくれることになった。問題は協立銀行だが、庄司秘書室長によれば、北田頭取はなんとか阿川頭取を説得してみるとおっしゃったそうだ」

「朗報だな。だが、一般紙がそれで納得してくれるかどうか。事実無根じゃないことは、はっきりしてるわけだから。解約ラッシュになる可能性のほうが高いかもな」

「五〇―五〇だろう」

「甘いんじゃないか。記事を書いた媒体が、妙な言い方だが、悪すぎるよ」

「友部は悲観的すぎないか」

「そうであることを祈りたいよ。ともあれ、朗報ありがとう」

受話器を戻して、友部は吉井に電話の内容を話して聞かせた。

「全国紙は、われわれの言いなりにはなりませんからねぇ」

「裏を取るために走り回ってるだろう。ただ当社広報室のコメントも載せてくれるとは思うが」

友部の眉間の皺がいっそう深くなった。

九月十二日以降、全国紙、地方紙に書かれた東都生命に関する記事は、すべて東都にとって厳しい内容で、中には「破綻は決定的」と書いた全国紙もあった。

2

十月に入って、解約ラッシュは一週間で百億円も流出するほどすさまじいものとなった。

松永社長が更生特例法適用の申請を決断したのは十月三日のことだ。

ＡＩＣジャパンのトーマス・ウッド社長と会談したのは翌四日の午後三時である。友部が同行した。

「更生特例法の適用を近日中に東京地裁に申請せざるを得ない局面を迎えております。ＡＩＣさんが受け皿になりやすい環境を整えるためには、これ以外の選択肢はないと考えたからです。率直に申し上げますが、プレジデンシャルも東都生命に強い関心を示してくれてますが、わたしはミスター・ウッドとの相互信頼関係を大切にしたいと思い、取締役会の承認も取り付けました。AICさんなら、契約者の保護を最優先していただけると確信してますが、スポンサーになっていただけますでしょうか」

「喜んでお受けします。AICは名門の東都生命のブランド力、生命保険会社としての機能、実力を高く評価しております。貴社の再建を全力で支援することを確約します」

「当然のことながらわれわれ経営者は経営責任を取って引責辞任せざるを得ません。保全管理人の弁護士に全権が委ねられることになります。使命感にあふれ、会社更生で実績のある弁護士が東京地裁から保全管理人に指名されると信じてますが、どういう方が指名されようとも、AICさんが受け皿となることが契約者のためにも、従業員にとってもベストだと考えてくれると確信しています。ここにいる友部を含めて、当社には有能な若い職員が大勢います。友部を中心に管財人団をフォローしますので、ご安心ください」

友部は、通訳で自分の名前は出さなかったが、ウッドが「友部さんが頼りです」と、日本語で言ったのには、仰天した。

「更生特例法適用の申請はいつになりますか」

「東京地裁の民事八部と調整中ですが、十月上旬にも申請することになると思います」

友部は、一九九六年に金融機関等の更生手続の特例等に関する法律が制定され、二〇〇〇年六月に相互会社の生命保険会社にも適用できるように法律の改正が行われた事実をウッドに説明した。松永が「更生特例法が適用されれば、東都生命が第一号となります」と話したことを受けたのだ。

九日午前七時に、東都生命は会社更生特例法に基いて、東京地裁に会社更生手続開始の申立を行った。

負債総額約三兆五千億円、保険契約者約百五十万人、生保業界にとって史上最大の会社倒産である。

友部は九日の早朝六時に御茶ノ水の自宅マンションで、全国紙や地方紙が一斉に〝東都生命が経営破たん〟〝銀行支援得られず〟〝更生特例法、きょう申請〟などの大見出しで、一面トップで大きく報じたのを知った。友部は自宅で三紙購読していたが、前夜遅い時間に広報室の吉井課長から電話で、「あすの朝刊で報道されます」と知らされていた。

「広報がリークしたのか」

「抑えようがなかったっていうことです。D誌の報道以降、各紙ともチームを組んで取材に当たってましたので」

「九日は〝体育の日〟で祝日だが、全員出社することになるな」

「そう思います」

友部と吉井は、深夜、電話でそんなやりとりをした。

友部は浅い眠りで午前五時には目が覚めてしまい、パジャマ姿でドア・ポストを何度見に行ったか分からない。

五時二十分にY新聞が配達されてきた。

経営不振に陥っている中堅生命保険の東都生命は八日、自力での事業継続を断念し、九日中に更生特例法の適用を東京地裁に申請する方針を固めた。要請していた東亜銀行との資本提携が困難となったうえに、有力な外資との提携が不調になったためだ。（中略）現在も一五〇万件の契約者を抱える東都生命が経営破たんすることの衝撃は大きく、再び消費者の生命保険に対する不信感を強めることになりそうだ。

東都生命は、九七年の産日生命の経営破たんをきっかけに解約が増えて、経営が悪化した。今年三月には親密先の東亜銀行に対し、約三千億円もの資金支援を要請するとともに、外資との提携交渉も進めていた。

しかし、東亜銀行が支援の条件としていた外資との提携交渉が不調となったため、東都生命としては、自力での事業継続を断念せざるをえないと判断した模様だ。

生保の経営破たんとしては戦後最大規模となる。

更生特例法の適用を申請した場合、裁判所は直ちに資産の保全命令を出し、保険の解約や配当支払いなどが停止される見通しだ。保険相互会社への更生特例法適用は初めてだ。

受け皿としては、米大手保険会社のＡＩＣが有力になっている。

東都生命の経営危機は、二〇〇〇年三月決算が予想以上に悪化したのがきっかけだった。保険料等収入は前期比一四・四％減、保有契約高も同九・七％減だったのに加えて、経営の健全性を示す保険金支払い余力（ソルベンシー・マージン）比率は二六三・一％にまで低下していた。

3

東京地裁は同日、保全管理人に大野正史弁護士を選任した。

大野は一九五〇（昭和二十五）年生れで四十九歳。東京大学法学部出身である。東京地裁民事八部が、大野をピックアップしたのは、破綻銀行関連会社の倒産処理などの実績と若さによるパワーを評価していたためと考えられる。

大野はすでに、東京地裁民事八部から保全管理人に選任したいとの打診を受けていた。しかも、大企業なので、数人の管理人代理が必要なことも。

このため、かつて更生案件でチームを組んで気心も知れその力量、手腕も評価していた藤井《ふじい》泰《たい》世《せい》、遠山晴彦《とおやまはるひこ》両弁護士と連絡を取り合って、代理人の受諾も取りつけていた。

藤井も遠山も、法律事務所を構えていたが、九日の早朝、日本橋にある大野の事務所に駆けつけてきた。藤井は四十五歳、遠山は三十七歳だ。

大野の法律事務所には六人の若手弁護士が在籍していたが、かれらも保全管理人補佐として、東都生命の更生に取り組むことになった。とりあえず九名で保全管理人団が結成されたことになる。

大野は、八人のメンバーに決意表明した。

「東京地裁民事八部の酒田《さかた》判事から『特段の事情がない限り、数日後に開始決定します。二〇〇一年三月末までに更生計画の認可に導いていただきたい』とけさ電話で言われました。こんな短時間の開始決定、更生計画の認可は異例中の異例です。東京地裁の並々ならぬ決意が汲み取れます。われわれ保全管理人団としても、これに報いるために、人事を尽くそうじゃないですか。スピードが求められるのは言わずもがなでしょう」

大野、藤井、遠山の三弁護士は、東都生命の顧問弁護士で申立代理人の桑原修造《くわはらしゅうぞう》から、この朝九時にAICジャパン代表のトーマス・ウッドに引き合わされることになっていた。また三弁護士は、事前に松永社長から、AICの感触も聞いていた。

AICジャパン代表のウッドは、社長執務室で、名刺を交換したあとで、にこやかにのたまわった。

「AICは、日本のマーケットを重視しています。日本法人は通信販売と代理店が主力業務です。つまり、東都生命と営業チャンネルが異なりますので、東都生命の機能と営業力に魅力を感じ、評価しています。ニューヨークの本社も東都生命のスポンサーになることに同意しているので、なんら支障はなく、われわれは東都生命の更生に協力を惜しむことはありません」

英会話に堪能な大野が通訳したあとで、ウッドをまっすぐとらえた。

「AICという世界的な生命保険会社をスポンサーの有力候補にもつことが確認できて、意を強くしています。相互信頼関係を築いて、交渉に臨みたいと願っています」

三弁護士は午前十時には、松永社長と共に記者会見に応じた。

記者会見で、松永はあらまし次のように語った。

九月中旬から当社に対する信用不安が急速に増大した。資産の劣化で生命保険契約者保護機構や国民の負担の拡大を防ぐため、自力再建を断念した。

更生特例法の申請を具体的に考えたのはこの一週間ほどのことで、ＡＩＣに協力を求めてきた。ＡＩＣは商品提供などで支援するほか、東都生命を独立した企業として再生させる意向であることを確認している。

わたしの個人的な見方だが、同保護機構にお願いする支援額はわずかで済むと思う。

きょう、あすの資金繰りに行き詰っているようなことはないが、今後の資金繰りのために、運用資産の外国債券を売却すると損失が確定してしまうので、手をつけない段階で更生特例法適用の申請を決断した。経営責任を取るため、全取締役が辞表を保全管理人に提出した。

また大野弁護士は「手続きが長引くと営業基盤が劣化するので、更生手続きの開始決定は極力短縮したい。ＡＩＣが有力なスポンサー候補として名乗りをあげてくれたので、東都生命の再建の可能性はきわめて高いと思う」などと話した。

一方、野原正雄《のはらまさお》金融庁長官もこの日、記者会見に応じ、大要以下のようなコメントを発表した。

「東都生命の更生特例法の申請は、財務内容が厳しい中で、同社自らが判断した。金融庁がどうこう言う立場にはない。早期に同法の申請をしたので傷は浅くて済むし、暖簾代（営業権）も高くできる。企業イメージの低下も少ないなどのメリットもある。保険金の支払いに備えて積み立てている責任準備金の九〇％は保護できるだろう。生命保険契約者保護機構の拠出もなくて済む可能性がある」

さらに金融庁は一九九九年五月から九月まで東都生命を検査したが、検査結果を同日明らかにした。

一、総資産査定結果（カッコ内は自己査定）▽一分類＝正常資産三八七二三億円（四〇四九一億円）▽二分類＝個別に適切なリスク管理を要する資産四〇六四億円（二九四八億円）▽三分類＝最終の回収に重大な懸念が存する資産六〇七億円（一五九億円）▽四分類＝回収不可能又は無価値と判断される資産二〇四億円（――）▽総資産合計四三五九億円。

二、自己資本の状況（平成十一年三月期）

①自己資本＝一〇一六億円、うち基金四五〇億円、法定準備金六三億円、その他剰余金五〇三億円②要追加償却・引当金五五五億円③要追加責任準備金等繰入額〇億円④要追加償却・引当に伴う法人税等調整額一八四億円⑤＝①マイナス②マイナス③プラス④イコール六四五億円。

⑥負債性資本一三一一億円、うち価格変動準備金一四三億円、危険準備金二四九億円、解約返戻金相当額超過部分八六〇億円、配当準備金中の未割当額五九億円。

⑦含み損益マイナス一八〇一億円、うち有価証券マイナス一五三二億円、動不動産マイナス二六九億円＝⑤プラス⑥プラス⑦イコール一五五億円。

三、ソルベンシー・マージン比率（十一年三月期）二三一・六％。

大野は、正午過ぎに本社全職員の前に立った。すらっとした長身で、メタルフレームの眼鏡の奥の切れ長の目は眼光鋭く、身内全体からほとばしるような熱気を発散していた。オーラを放っているとも見受けられ、友部の目にはたのもしく映った。

「わたしは、東都生命の更生に際して、以下にお話しする三点を基本理念として掲げたいと思います。

第一点は、ご契約者の皆さまの保護であることは言を俟《ま》たないでしょう。

東都生命を支えてくださったのは、ご契約者の皆さまです。まことに残念至極ですが、更生特例法適用の申立によって、大変なご迷惑をおかけすることになってしまいました。

ご契約者が被る損害を最小限に抑えることが、われわれ保全管理人団に課された使命であり、責務であると考えます。

第二点は、だからこそスポンサーに東都生命の価値を最大限に評価させなければならないわけであります。パワーのあるスポンサーが不可欠なのはそのためで、予定利率の削減幅の縮小、責任準備金の削減率の低下、公的資金の支援の圧縮などに結びつくと思われます。

第三点は、〝財務の東都〟と称された東都生命が何故破綻したのか、経営責任の追及です。三点の基本理念は、わたしたちの行動指針と申せますが、同時に従業員である皆さんの課題でもあるのです。

皆さんがご契約者の方々の保護を最優先課題として日々努力しなければ、ご契約者の皆さまの信頼を失い、東都生命の再建は夢物語で終ってしまいます。

東都生命の価値を評価していただくことは、皆さんの仕事を評価していただくことにほかなりません。

問題はスポンサー候補ですが、松永社長から伺ったところ、AICがスポンサー候補となってくれることを確約してくれたということです。トリプルAの格付けをもつ世界一の保険会社が支援したいと名乗りをあげてくれたことは、先刻、わたしもAICジャパンの責任者にお会いし、確認しました。幸先の良い更生に向けてのスタートが切れたということができると思います。

AICは、東都生命の営業力を高く評価してくれています。このことは、東都生命の再建のカギが、営業力を維持できるかどうかにかかっている。すなわち、皆さんの会社再建にかける熱意のいかんが問われていると言えます。私たちは今後六ヵ月間、この会社の再建に全力を尽くします。

しかしながら、再建するのは従業員の皆さんです。共に闘おうではありませんか。ご静聴ありがとうございました」

講堂を埋め尽くした職員たちのほとんどの者が、涙を流しながら拍手していた。

ホールの中央坐席の友部も手を叩きながら、胸に熱いものがこみあげてくるのを制しかねていた。

4

保全管理人団の「逃げてはいけない。全国の十営業本部傘下の支社、営業所はあす十日も平常どおり開店し、お客さまにお詫びし、きちっと説明すべきだ。混乱を避けるためにもクローズはあり得ない」という強い意向に押し切られたが、現場の混乱はしばらく続いた。現場の職員たちのお詫び行脚が効を奏して、混乱が沈静化に向かうまでに、ひと月ほど要した。

むろん本社の混乱ぶりも、相当ひどかった。

取締役、執行役員の辞表は受理されている。

すべてを取り仕切るのは大野だが、生保業務に疎い管理人団の対応力に限界があるのは当然で、社員の相談に応じるため、連日深夜まで仕事が続いた。

職員も、苦情、質問、お詫びの電話や来客の対応に追われて、時間が足りず、疲労困憊《ひろうこんぱい》で、入院騒ぎを起こす者が絶えなかった。

申立四日後、十月十三日金曜日の夜十時過ぎに、友部は三階フロアの管財人室に呼ばれた。

この日、東京地裁によって東都生命の更生開始決定がなされ、大野が保全管理人から管財人に、藤井と遠山は保全管理人代理から管財人代理に選任された。

友部は、人事担当の藤井と応接室のソファで向かい合った。

「友部さんに管財人室長になってもらいます」

「光栄に存じますが、お断りします。わたしでは若すぎます。部長クラスの方がいらっしゃるじゃありませんか」

友部は固辞した。

管財人室は、東都生命の中核部門で、管財人団をサポートする部署だ。しかも、室長はリーダーでもある。

だが、破綻した東都生命の管理職の立場は脆弱で、ただの使い走りに過ぎないといえないこともなかった。

「きょうから更生手続開始になったのはご存じと思いますが、管財人の方針なり意向が会社の隅々まで伝達される組織が必要なことはお分かりでしょう」

「分かります。ただし、わたしごとき若輩が室長になるいわれはないと思います。どうかご容赦ください。ヒエラルキーの日本企業で、わたしは少し出過ぎたことを反省してます」

藤井は「うーん」と唸り声を発してから、大きな伸びをした。そして、居ずまいを正した。

「これは管財人命令です。否も応もないんです」

「命令とおっしゃられても、従えません。どうしてもとおっしゃられたら、会社を辞めます」

「友部さんのことは、大野先生が松永社長からも聞いてます。部長クラスの人でも、あなたに対して四の五の言えないほどパワーがあるとも聞いてますよ」

「とんでもない。松永社長がそんなことを言われたとしたら、冗談です。どうか冗談を真に受けないでください。諸先輩を抑えられる、もっと立場のある人であるべきです」

「わたしは、この何日間、多くの職員と接触しましたが、友部さんしかいません。ちょっと待っててください」

藤井は応接室から退出したが、五分ほどで大野を伴って、戻ってきた。

大野がいきなり強い口調で切り出した。

「管財人命令に従えないだって。管財人の意思、指示が必要に応じて社内に滲透《しんとう》する組織が必要だと考えているに過ぎない。地位、役職は無関係です。管財人団の手足になってサポートしてくれればいいんです。体力のある人が必要なんですよ。どうあっても受けてもらわなければ困ります」

「体力には自信があります。神経もずぶといほうですが、お受けしたら、神経がもたないと思います。組織、人事とはそうしたものです。上のほうのジェラシーを買うだけで、潰されてしまいますよ」

「今夜はもう遅いから、この続きはあしたにしましょう。ただし、わたしは諦めてませんよ。友部君以外に適任者はいないからです。きみだって、会社を思う気持ちは人並み、いやひと一倍あるんじゃないですか」

言いざま大野はソファから立ち上がっていた。

5

翌週も、友部は大野の要請を断り続けた。

月曜日の朝、八時二十分に秘書室の宮坂が、社内電話で「いまから役員応接室で会えないか」と言ってきた。

大野に辞表を提出する前に、宮坂と話すのも悪くないと思って、友部は「ＯＫ。すぐ行く」と返事をした。

宮坂は役員応接5号室の前で待っていた。

「やあ」

友部が手を挙げると、宮坂はなにも言わずに友部の右腕を両手でつかんで、応接室に引き摺り込んだ。

「血相変えてどうしたんだ。やけに手荒なことをするじゃないか」

「俺はおまえを見損なった。会社を辞めるようなことを言ってるらしいじゃないか」

「ああ、そのことか。辞表はポケットの中だ」

友部はわざとらしく、笑いながら胸を叩いた。事実、辞表は背広の内ポケットの中にあった。

「昨夜、女房とも話したが、火中の栗を拾うような仕事をするいわれはないということで意見が一致した。この歳でぶらぶらしてるわけにもいかないから、いずれ仕事は探すけど、しばらく休養したい。走り詰めに走ってきたからな。女房は再就職先は生保以外にしてもらいたいとか言ってたよ」

明日香と話したことも事実だった。

「友部は出来物だから、スカウトの口がかかったんだろう。ハゲタカの外資なんだろうな」

「目下のところそんな話はないな」

宮坂が強いまなざしで友部をとらえた。

「実は、昨夜、松永社長から家に電話がかかってきた。友部に管財人室長を受けるように言ってもらいたいということだった。直接、友部に電話することも考えたが、それこそ辞表を受理された立場で、出すぎるのもなんだと思って、俺から説得して欲しいっていうわけだ」

「社長は弁護士先生から、なにか言われたのかなぁ」

「ありうるな。泣かれたんだろう。それほどまでに期待されたら、サラリーマン冥利《みょうり》に尽きると思わないのか。乃公出《だいこうい》でずんばの気持ちになるのが常識的だと思うけど」

友部は上目遣いで、宮坂を見返した。

「諸先輩を差し措いて、こんな人事がありうると思うのか。社長も宮坂も、とんちんかんだと思わざるをえんよ。世間知らずの弁護士先生だから、人事のことなんかなんにもわきまえてない。管財人室長は、部長であるべきだ。適任者はいくらでもいるよ」

「いまは非常時なんだ。俺が管財人の弁護士でも、友部に目を付けただろうな」

「…………」

「きみは気安く言うが、次長級の参事の立場を考えてもらいたい」

「おまえ、辞める口実が出来て、喜んでるわけだな。東都の最後まで見届けるようなことを言わなかったっけ。ドロ船が沈むのを黙って見てるのか、再び浮上するために死力を尽くすのか」

「…………」

「大野弁護士が講堂でスピーチしたとき泣いてたよな。わたしも感動して涙が止まらなかった。頑張るぞって、あのとき思った」

友部は粛然とした思いで、大野の話を反芻《はんすう》していた。隣席の宮坂が涙ぐんでいたことも思い出していた。

しかし、気持ちとは裏腹に冷めた言い方になった。

「落ち込んでいる職員たちに、遣り手の弁護士なら、あの程度の話はするだろう。あのとき目頭が熱くなったのは、仕方がないんじゃないのか。人間の弱さとも言える。落下傘《らっかさん》で降りてきて、東都生命ほどの大企業の全権を掌握できる保全管理人、管財人は、さぞや弁護士冥利に尽きることだろうぜ」

実際、一歩引いて見れば、管財人が東都生命の利害を優先することはあり得ない。むしろスポンサーであるＡＩＣの利害を優先しかねないと見るべきだろう。管財人といえども神ならぬ生臭い人間なのだ。

もちろん管財人が、スポンサーの言いなりになるとは考えにくいが、正義の味方で中立の立場を厳守できるかどうか、友部が懐疑的に見ている面もないではなかった。

宮坂がセンターテーブルにおでこが付くほど、深く頭を下げた。

「頼む。東都生命を見捨てないで欲しい」

「ちょっと、待ってくれ。僕なんかより優秀な人はいくらでもいるじゃないか。宮坂を推す手があるかもな」

「よくそんな冗談が言えるねぇ」

「僕は、企画部でも経営企画グループでも出過ぎたというか、遣り過ぎて、先輩たちのジェラシーを買ってしまった。サラリーマン社会に、嫉妬は付きものだが、ほんと懲り懲りした。いい潮時だと思う。宮坂には申し訳ないが、妻に辞めると約束してしまった。女房孝行させてくれないか」

宮坂が膝を打った。

「明日香さんを口説けばいいわけだな。わたしは、事実上の仲人みたいなものだろう」

そう言われても仕方がない。友部は明日香との再会の経緯を宮坂に打ち明けていた。

「それは断る。去るも地獄、残るも地獄とは違うが、管財人室長を受けるとしたら自分で決めるよ」

「頼むから管財人室長を受けてくれ。多少のやっかみはあるかもしれないが、友部ならそんなものは撥ね返せる」

宮坂の思いの丈《たけ》が友部の胸に響いた。

「人事権者は管財人の大野弁護士なんだが、メンバーの人選は、管財人団で決めるんだろうか」

「友部は管財人団に頼まれてる立場じゃないのか。管財人室のメンバーの人選はまかせてもらいたいと条件を付けても、ノーとは言われないと思うけど」

「迷うところだな。宮坂に会うまで、会社を辞めると決めていたのに、心が揺れている。正直なところ、東都の行く末を見届けたい気持ちもなくはないんだ」

「これで決まったな」

「付帯条件を呑んでもらえればな」

「社長を始め、辞めざるを得ない旧経営陣の誰もが東都の再生を願ってる。社長の電話にも胸を打たれたからなぁ」

宮坂が握手を求めてきたが、友部は「決まってからにしよう」と言って拒んだ。

6

友部が藤井管財人代理に面会したのは、午前九時過ぎだ。

「管財人室長をお受けしたいと思います。ただし、僭越《せんえつ》なことは百も承知していますが、メンバーの人選はわたしにおまかせいただけないでしょうか」

「もちろん、友部さんにまかせますよ。大野先生も含めて、われわれは最初からそのつもりでした。よく受けてくださった。ありがとう」

藤井に低頭されて、友部も頭を下げた。

「とんでもないことです。わがままを申しまして、失礼いたしました。いまは非常時です。死力を尽くさなければ、と思い直しました」

「昨夜まであんなに、頑なに拒否していた友部さんとは別人みたいですね。なにか動機づけがあったのですか」

「宮坂秘書課長から発破《はっぱ》をかけられました。昨夜松永社長から宮坂君に、友部を説得するよう電話があったそうです。再生に向けて死力を尽くすと言ったのは、宮坂君です。かれに啓発され、目から鱗が落ちた思いです」

「なるほど。そういうことですか。大野先生が松永社長に接触したかもしれませんね。友部さんは、それほどまでに嘱望されてるんですよ」

「恐れ入ります」

友部は顔を上げて、藤井を見据えた。

「若くて元気のいい三十代と二十代の若手で、チームを構成しますが、宮坂君は財務の経験も豊富なので、メンバーに入ってもらおうと思っています。いかがでしょうか」

「けっこうなことじゃないですか」

「かれに室長代理になってもらいたいと考えています」

「それも異議なしです。メンバーは何人くらい考えてますか」

「十名前後でしょうか」

「承知しました。大野先生がどんなに喜ぶことか。朗報を聞いて、わたしも勇気づけられました」

藤井は起立して、右手を伸ばした。友部は一揖して、握り返した。

宮坂が聞いたら、驚くだろうと思いながら。

7

友部が管財人室長を受諾した夕刻、友部は上司、先輩たちに頭を下げて回った。

「僭越ながら管財人命令に従わざるを得ませんでした」

「友部なら、俺たちの鼻をあかすなんぞ朝飯前だろう」

そんな厭みを言ったのは、理事（役員待ちポスト）で部長の筒井厚志だけだった。

筒井は早晩、退職せざるを得ない身分である。筒井に限らず部長クラスは、東都生命がＡＩＣに取り込まれたら、去って行くことはほぼ確実だろう。誰しも予想できる。しかし、総じて、友部に「頑張ってくれ」とエールを送ってくれた。

この日午後四時に、友部は再び宮坂に会って、室長代理の件を話した。宮坂の驚きよう、喜びようといったらなかった。

「まさか、そんなことが……。友部、ありがとう。感謝するよ。わたしも先輩たちから、やっかまれる立場になったわけだ」

「宮坂を嫉妬する人は、そうはいないと思うよ。僕と違って、人格高潔だし、やんごとなき人は、辞表を出して受理されてる」

「庄司さんは、他人を羨んだりする人ではないけど、同期には、やっかむ手合いはいっぱいいるだろうな。友部とわたしの仲を知らない者は一人もいないから。人格高潔は友部のほうだろう」

「皮肉を言い合ってる場合じゃないな。八人のメンバーには、管財人団の弁護士先生たちの指示に従って全力を尽くそうと話すが、宮坂と僕は、管財人団と距離をおくべきだと思うんだ。かれらも人間だから、功名心に駆られて、なにをやらかすか分からない。それと二人は管財人団および事業管財人団のウォッチャーでもある。つまりダブルスタンダード、極端にいえば、面従腹《めんじゅうふく》背《はい》、二重人格であっていいと思う」

「友部はそこまで考えてるのか。さすがだよ。わたしは、とてもそこまで気が回らなかった。社員と称する契約者と職員と称する従業員のために、ひと働きしようと思っただけだ」

「自然体。それもいいだろう。しかし、事業管財人団も含めて、僕はしっかりとかれらの行動を見詰めさせてもらう。このことは契約者や従業員のためにもなるはずだ。ＡＩＣは喉から手が出るほど、東都生命なる名門生保のブランドなり機能なりが欲しくてならないんだ。ＡＩＣは東都生命を居抜きで手に入れることができた。しかも、更生法が適用されれば、身軽になる。すべては、松永社長が敷いた路線を踏襲するだけのことだろう。管財人室チームは管財人団と事業管財人団に利用されるだけと取って取れないこともない」

　事業管財人団とは、スポンサーになることを約束しているＡＩＣがすでに東都生命に派遣しているチームのことで、東京地裁は、事業管財人に、前ＡＩＣジャパン副社長の岡本収《おかもとおさむ》を任命していた。岡本は四十五歳。にやけ面だが、いかにも遣り手の事業管財人に見えた。もっとも、二十数名の事業管財人団の中に、ＡＩＣ本社のアメリカ人が三名いたので、誰が立場が上なのか判然としなかった。

スポンサーである事業管財人団は、いわば占領軍である。圧倒的なパワーを保持し、六階の役員室フロアを占拠していた。友部は、管財人室長として、岡本との名刺交換だけはできた。

「ところで、関連事業チームの中から、管財人室にピックアップする手はあるんだろうか」

「ＭＳＣ（ミヤコスポーツセンター）のことが気になっているわけだな」

友部は「うん、うん」とうなずいた。

「経営企画グループにぶら下げたが、僕はまったく無関係の立場だった。ひと昔前に関連事業部に在籍したので、多少のことは知ってるが、ＭＳＣはいま現在、優良企業であることは間違いない。ＭＳＣについて口出しできる立場でないことも分かってるが」

「同感だ。ＭＳＣをどうするかは、管財人団にまかせるしかないんじゃないのか。いくらなんでも、ぶっ壊すようなことはしないだろう」

「管財人団よりも、事業管財人団、すなわちスポンサーのＡＩＣがＭＳＣをどう処理するか見ものだな」

「友部の叔母さんの大先生の顔を思い出したよ。緑地帯で災害時の避難場所でもあるから、売却するにしても、スポーツクラブの機能は保全されるんじゃないのか。関連事業チームから管財人室員をピックアップするのは、やめたほうがいいと思うよ。友部が十年前に在籍したことでもあるしな」

「私心を持ち込むなって言いたいわけだな」

友部は笑いながら、相槌《あいづち》を打った。

8

この日、友部が帰宅したのは午後十一時過ぎだが、明日香は入浴中だった。

友部がバスタブを覗いた。

「ただいま」

「お帰りなさい。わたしはいま入ったばかりだから時間がかかるわよ。よかったら一緒にどうぞ」

「いいなあ。久しぶりじゃないか」

友部は急いで下着とパジャマを用意して、バスルームに入った。

二人一緒にバスタブに入るのは無理だが、明日香は髪を洗っていた。友部は明日香の乳房を量るように揉んだ。

「量感たっぷりだな」

「こらっ。でもあとでね」

明日香とひと月ほど躰を合せてないことを思い出して、友部の下腹部がうごめいた。

シャワーで汗を流してから、バスタブに飛び込んだが、友部はカラスの行水の口だから、バスルームを出るのも早い。

「ベッドで待ってるからな」

「分かった」

友部は薄い水割りを一杯飲んでから、ベッドに横たわった。

太が小学生になったとき一部屋与えたお陰で、友部の寝室にシングルベッドを二つ並べて二年半経つ。

明日香がベッドルームにやってきたのは午前零時近かった。

四十一歳の年齢の割りには、明日香は顔も躰も若々しかった。惚れた弱みもあるかな、と友部は思わぬでもなかった。仕事をしているお陰もあるかもしれない。

「わたしも、したかったの」

「ちょっと間があき過ぎたな。僕はきみの裸体を見てから、ずっとこんな状態だよ」

三十分ほど睦み合っている間に、明日香は三度も発声した。二つの部屋はセパレートされているので、太が目を覚ます心配はなかった。

「いきそうだけど、中に出していいのか」

「いいけど、もうちょっと待って。一ヵ月ぶりなんだから」

友部は、辞表撤回を明日香にいつ切り出すか考えて、時間を稼いだが、それで中折れすることはなかった。

さらに十分が経過した。

「もう保《も》たないぞ」

「いいわよ。一緒にいく」

友部が「うっ！」とうめいて、体重を明日香にかけた。大量射精で、明日香の体液と共にバスタオルに溢《あふ》れた。

「どうする？　もう一度シャワーするか」

「そうしよう」

シャワーを浴びてから、友部が明日香に声をかけて、バスルームを出た。

「一杯つき合ってくれ」

「分かったわ」

水割りを飲みながら、友部が切り出した。

「辞表出さなかった。正確には、出せなかっただな」

「どうしてなの」

「宮坂に、羽交い締めせんばかりに止められたんだ」

友部が理由《わけ》を話すと、明日香はさもがっかりしたように、浴びせかけてきた。

「女房に約束したことを守れないなんて、情無いと思わないの」

「いや、そうじゃない。見きわめがつくまで先送りしたと考えてもらいたい」

「先送りって、どのくらいなの」

「せいぜい半年だろう」

「あなた、もう四十代で鮮度がぐっと落ちてるのよ」

「僕の場合、まだ売り手市場だから、まったく心配ない」

「そう言い切れるの」

「自信がなければ、言えないな」

「自信たっぷりなんだ。今夜のセックス、転職の前祝いの意味もあったのに」

「したかったのとか言わなかったか」

「両方よ。でも、どうしてもしようと思ったのは後者のほうよ」

明日香はにこっと笑って肩をすくめた。

もっとも、友部は管財人室長を受けるからには、更生後の外資系新会社で役員に就くくらいの気概とヤル気をもつべきだと考えていた。中途半端な気持ちで、受けられるほど軽いポストではない。「半年」は言葉の綾《あや》で、明日香に対して、うしろめたい思いもないではなかった。

9

管財人代理は三名増えて、五人体制になっていた。

三階フロアに、管財人補佐を含めて十二人の弁護士が出入りしてたことになる。

友部率いる管財人室も同じフロアなので、管財人団と頻繁《ひんぱん》に接触することができた。管財人室のメンバーで四十歳代は友部と宮坂の二人だけで、三十歳代が五人、二十歳代が三人。二十歳代の二人は、女性秘書で、二十三歳の矢野絵理《やのえり》と二十二歳の富田志保《とみたしほ》である。二人とも気働きする有能な秘書で書類作成などをてきぱきとこなした。

三十歳代の五人と二十歳代の一人は、財務、企画、保険などの枢要セクションで、仕事のできる者を友部がピックアップした。体力のある者でなければ勤まらないことは初めから分かっていたので、「徹夜なんてこともあるから、覚悟してくれ」と友部は念を押すことを忘れなかった。

仕事量は膨大《ぼうだい》で、友部も三ヵ月ほどの間に、三週間は、帰宅できなかった。これほど仕事をしたことは、後にも先にもないだろう。

管財人室は、弁護士グループの管財人団の補完機能に過ぎない。

だが、仕事量の多さは、並外れていた。

特に室長の友部により負担がかかる。

団体保険を担当させた中西茂《なかにししげる》が、思い余って、友部に相談にきたことがある。中西は二十七歳で、男性では唯一の二十歳代だ。

「法人本部の中川部長に、大日生命と意見調整のためのネゴをお願いしますって頼んだのですが、横になって動いてくれません。大日生命は、管財人を連れてこいなんて、ふざけたことを言ってます」

「大日生命は、部長クラスなのか」

「いいえ。課長です」

「破綻生保だから、見下されるのは仕方がないが、中川部長に出馬してもらうしかないな。アポを取ってくれ。何の案件だ」

「団体生命保険です」

「分かった」

中西は非慶応だが、能力、体力とも抜群だった。負けん気なマスクも悪くないと、友部は思っていた。

「すぐ来てくれ、って言われました」

友部は、ひとりで中川に会った。

「管財人室長、じきじきのお出ましとは恐れ入ったな」

法人本部第三営業部長の中川は、読んでいた新聞を音をたてて畳んでから、おもむろに眼鏡を外して、友部を見上げた。

部長クラスは、東都生命が外資系生保として再生した途端に、退職を強いられることが確実視されている。ふて腐れて横になるのもやむを得なかった。しかし、二〇〇〇年二月十日に、執行役員に就任した十二名の部長や本部長に比べれば、まだしも恵まれている。

執行役員に就任して十ヵ月で、会社が破綻し、辞任を余儀なくされた人たちの気持ちを汲んでやったらどうか、と言いたいのを友部はぐっと抑えた。

「失礼します」

友部は、目についた椅子を中川のデスクの前に寄せて、腰をおろした。

「国家公務員共済組合に関する団体保険ですので、なんとしても中川部長に大日生命まで、足を運んでいただかなければなりません。よろしくお願い申し上げます」

「大日は課長なんだろう。だったらウチも課長でいいじゃないか」

「大日生命は、管財人を寄こせと無理難題を言ってるそうです」

「だったら管財人の弁護士先生に行ってもらえばいいじゃないの」

「大野管財人に、そう申し上げてよろしいのですね。即刻、レッド・カードを突きつけられると思いますが」

「冗談だよ。真に受ける奴があるか」

中川は、デスクに置いた眼鏡をかけて、背もたれにそっくり返った。

「管財人室長殿がお行きになったらいかがですか」

「もちろん、中川部長に同行させていただきます」

「ふうーん。それは光栄なことだな。大日のアポを取っていただきましょうか」

「ありがとうございます。のちほど連絡させていただきます」

部長クラスは中川的男ばかりではないが、再就職活動に明け暮れている者も少なからず存在した。

九州営業本部沖縄支社長が、友部に電話をかけてきたこともある。

「弁護士先生に一度ぐらい来てもらっても、バチは当たらんのじゃないですか。東都生命は必ず再生すると、わしらが言うても、お客様は全然信用してくれんのです」

「承知しました」

友部は自信たっぷりに応じたものの、大野が不承知だったら、そのときは自分が駆けつけるまでだとホゾを固めて、大野と対峙した。

「東京を除く九営業部に四十の支社がありますが、先生方がクライアントに直接、東都生命が蘇生し、必ず保険金が支払われると、話していただけませんでしょうか。それと営業現場をご覧いただいて、営業職員を激励していただきたいと存じます」

大野は腕組みして、天井を仰いだ目をすぐに友部に向けた。

「藤井先生と遠山先生に相談してみましょう。適切な提案だと思いますよ」

「ありがとうございます。日程調整等はおまかせください」

「気が早いですねぇ。まだ決まったわけではありませんよ」

大野は苦笑したが、管財人団の全国行脚はほどなく実現した。当然のことながら、管財人室も総動員された。

人事部の次長に呼びつけられたときは、もっとやりきれない思いで、友部は朝っぱらからヤケ酒が飲みたくなったほど落ち込んだ。

入社年次で七年先輩の若林は、端から喧嘩腰だった。

「管財人団はクリーン、きれいごとではあり得ない。ＡＩＣの言いなりとも考えられる。友部は管財人団に擦り寄って、枢要ポストにありつこうっていう魂胆なんだろうが、おまえがいちばん心しなければならないことは、雇用を守ることだ。少なくとも五十歳未満の職員は残留できるように、せいぜい頑張ってもらいたいな。きみが昼夜を分かたず汗を流しているのは、役員ポストを目指しているからなんじゃないのかね。外資系ではあり得ることだよな」

友部はこの野郎！　言わせておけば、との思いで、高飛車に出た。

「若林さんも少しは汗をかいたらどうですか。役員になれるかもしれませんよ」

「管財人室に入れてもらえれば、その気になれるかもな。室長殿の役員志向は事実だったんだ。なーるほど」

若林から皮肉たっぷりに浴びせかけられ、友部はにやりと笑いかけた。

「そうかもしれません。違うかもしれません。いまはなんとも申しようがないというべきなんでしょうねぇ。遠からず、わたしがどうなるか分かりますよ」

若林のくぼんだ目が三角に吊り上がった。

「おまえいい気になるんじゃねえぞ。繰り返すが、おまえの使命は雇用を守るために躰を張ることなんだからな」

「おっしゃることはよーく分かります。人事を尽くしたいとも思います。しかしながら、管財人室長の権限はゼロです。管財人室は、管財人団の補完機能に過ぎないのですから」

「友部は直言居士で聞こえている。だからこそ取締役人事部長だった三好さんが、おまえを企画部副参事に推したんじゃないか。友部なら、管財人と渡り合えるぐらいのことはできるだろうや。いまや友部は部長より立場が上なんだからな」

懐かしい名前が若林の口をついて出てきた。

十七年前、従業員組合書記長だった三好明は、すでに退任していた。

「管財人と渡り合うのは不可能ですが、要望書ぐらいは出せるかもしれません。いや、そうするつもりです」

人事部のみならず、あらゆるセクションから、そうした声が友部の耳に入ってきた。

若林のようにあからさまに直截《ちょくせつ》言ってくる者もあれば、間接的に迂遠に伝えてくる者もいる。みんな自分の身が可愛いのは決まり切ったことだ。いちいち対応していたら、きりがない。管財人室の立場を買い被るにもほどがある——。

室員の女性二人は、その日のうちに帰宅させたが、終電車に間に合わず、タクシーを利用せざるを得ないことが多かった。

司令塔の管財人団から要求される仕事を処理するだけなら、さしたることはないが、あらゆるセクションから持ち込まれる相談ごとにも対応しなければならない。

10

友部は重要案件には必ず関与したが、ほとんどの判断は部下たちにまかせた。

「自分で考えて、判断し、行動しろ」と命じられた若い部下たちは、初めのうちは緊張感で、なにやらぎこちなかったが、仕事に慣れるのも早く、百戦錬磨、一騎当千の強者《つわもの》に成長していた。

友部がしみじみとした口調で宮坂に言ったものだ。

「若くて凄いのが東都にはこんなにいたんだ」

「友部が、かれらの能力とヤル気を最大限引き出したんだよ」

「そんなことはない。かれらは使命感と危機感に駆られてるんだろうな。東都の再生に自信めいたものが出てきたよ」

「特に団体保険を担当している中西と個人保険担当の今田は頑張ってるな」

今田健三《けんぞう》は、三十路《みそじ》を迎えたばかりだ。

個人保険にしても、保険の種類が複雑多岐にわたっているため、営業部門との調整で難航した。

今田はねばり強く交渉し、結論に導いていく。

「火事場のバカ力とはよく言ったものだな。中西や今田は大火に呆然自失することなく、バカ力を出してるんだろう」

友部と宮坂はコンビニ弁当を食べながら、そんな話をしたほど、管財人室は活気が漲っていた。

ただ、管財人室で、どうにも対応できず、切歯扼腕《せっしやくわん》したのは、営業職員の引き抜き問題だ。大日生命など一流生保の引き抜き攻勢は、凄まじいものがあった。

営業現場は、更生手続きの大混乱で最も辛く切ない立場に立たされていた。

契約者たちから罵詈《ばり》雑言《ぞうごん》を浴びても、ひたすら堪《た》えて、詫び、謝罪するだけで、一日が過ぎてしまう。そんな辛い毎日の中、自宅の前で、あるいは営業所の近くで、同業他社の支部長から揉み手スタイルで声をかけられたら、動揺しないほうがおかしい。

「お辛い毎日なんでしょうねぇ。察して余りありますよ。どうでしょう、その辺で食事でもしながら、お話ししませんか」

夢遊病者のように、飲み屋や蕎麦屋に従《つ》いて行ってしまう東都のセールス・レディは、ゴマンといた。

ビールを飲みながら、支部長たちはえげつなく引き抜きを仕掛けてくる。

「東都生命さんは、もう保たないのと違いますか。AICがスポンサーになるとかホラを吹いてるが、スポンサーのなり手が現れるはずはありません。東都さんの傷み方は、尋常ならざるものがあります。万々一、奇特なスポンサーが付いたとしても、東都の看板で新規契約を取るのは不可能に近いでしょう。だいいち、営業活動ができない毎日が続いてるんじゃないですか。当社に来てください。明日からでも営業活動ができますよ。××さんが優秀なセールス・レディであることは、よく存じています。当社なら、すぐAクラスになれますよ。ぜひ、当社にいらしてください」

名前を特定されて、われに返った者もいた。

新規契約の獲得、営業職員の採用は、支部長など営業所長に義務づけられている。

東都生命にはまだまだ優良な営業職員が大勢存在した。彼女たちが狙われるのは、生保業界では日常茶飯事で、常態化していた。

男性の営業職員も、有能な者ほど目を付けられた。

優良営業職員の引き抜きは、資産の劣化にほかならない。


友部や宮坂が、ときとして疑心暗鬼にとらわれたことも、少なくなかった。

管財人団がとかく、事業管財人団になびきがちなのは、更生計画案を一刻も早くまとめることを最優先したいとする立場上、やむをえないと割り切るべきとは思っても、気持ちをかき回され、気持ちが揺れる。

「ＡＩＣはスポンサー候補で、スポンサーと決まったわけではありません。だからこそ、事業管財人団は六階フロアに陣取り、われわれ管財人団と管財人室は三階に同居してるんじゃないですか。チャイニーズウォール、情報の隔壁は、画然と行われています」

友部は、大野、藤井、遠山から耳にたこができるほど同じセリフを聞かされたが、チャイニーズウォールが聞いて呆れるという思いのほうが遥かに勝っていた。

事実、スポンサー候補がプレジデンシャルもその一つだと言って憚《はばか》らない管財人団は、事業管財人団が陣取る六階フロアに入り浸りということはないにしても、連絡は密に行われて当然なのだ。

建設中の赤坂の高層ビルは、予定どおりプレジデンシャルに売却されたが、スーパーゼネコンの大盛建設が介在していることは、誰の目にもあきらかだった。この中で、事業管財人団の占領軍の意向が働いてないと考えろというほうが、無理だろう。

ただし、評価できるのは、二〇〇一年二月中旬にＡＩＣから「資金援助不要」の回答を取り付けたことだ。

予定利率が一・五パーセントの暖簾代を約三千三百億円とし、暖簾代を除いた債務超過額を三千億～三千四百億円と見込んで、引き出した回答と言えた。

さらに建設中の赤坂の高層ビルをプレジデンシャルに予想以上の高価格で売却したことも、大野たちの交渉力に負うところが大きかったと考えて、考えられぬことはない。

第八章　疑惑

1

東都生命の更生計画案が東京地裁に提出されたのは、二〇〇一（平成十三）年二月二十三日のことだ。

東都生命の管財人の大野正史は、その一週間前に、米国本社のＡＩＣ代表から「公的資金不要」の言質《げんち》を取り、覚書を交わしていた。このことは、管財人団と事業管財人団の出来レースだったと見てさしつかえあるまい。

スポンサーであるＡＩＣ主導で、交渉が進められ、巨大外資のＡＩＣに東都生命が呑み込まれることは、友部には初めから分かっていた。大野以下の管財人団は、さもＡＩＣを向こうに回して、難交渉を短期間でまとめあげたかのように振舞っているが、笑わせるなと友部は冷めた目で見ていた。

東都生命は、外資系生保に対して売り手市場だったことは、ＡＩＣやプレジデンシャルと接触した時点で、分からないほうがどうかしている。むしろ、管財人団が友部を管財人室長に指名したことに、友部自身、怪訝に思っていた。

あのとき強く辞退したのは、本音ベースで生保業界から足を洗いたいとの思いもあったからだ。だが、外資系生保でボード入りし、東都の行く末を見届けたいとする思いのほうが勝っていたのだろう。もっと言えば、ジェスチャーだったとも言える。だからこそ、仕事をしたのだ。


二月二十三日の夜、管財人室のメンバー十名は、会議室でビアパーティを催した。

パーティというのは、おこがましいかもしれない。

飲み物は缶ビールとウーロン茶だけだ。

サンドイッチ、チーズ、クラッカー、ピーナッツ、サラミソーセージなどがデスクの上に並んでいた。

友部が乾杯の前に短いスピーチを行った。

「皆さん、本当にご苦労さまでした。仕事はまだ続きますし、チームが解散したわけでもありませんが、とりあえず東都生命は外資系生保として、再生の見通しがついたことになります。今夜は、ビールぐらい飲んでも弁護士先生たちに叱られることはないでしょう。土日返上が続いたので、あすの土曜日、日曜日はゆっくり休んでください。管財人室の健闘を祝して、杯をあげたいと思います。ご唱和ください。乾杯！」

「乾杯！」

「乾杯！」

紙コップのビールを何人かとぶつけ合って、友部は一気に飲み乾した。

富田志保がすぐに二杯目を注いでくれた。

「ありがとう。お返しをしようか」

友部が缶ビールを右手で奪い取ると、志保はデスクに置いた紙コップを手にした。

「ありがとうございます」

友部と志保の間に、宮坂が割り込んできた。

「志保ちゃん、毎日身の細る思いだろう」

「そんなことはありません。体重も変らないんです。わたしより、矢野さんのほうが面《おも》やつれが目立つんじゃないでしょうか」

「彼女は気を遣いすぎるな」

「わたくしは書類を裁判所に届けたり、お使いのほうが多いのですが、矢野さんは管財人室にとって欠かせない人ですから、大変だと思います」

「謙遜、謙遜。きみもしっかりやっている。電話の応対だけでも、きみたち二人はよくやった。われわれ男性職員を操ってるのはきみたち二人かもしれないよ。それと美形の紅二点がチームにいなかったら、雰囲気が変ってたろうな。きみたち二人はムードメーカーでもある」

「ムードメーカーは確かだね。男性だけだったら、ぎくしゃくしてたかもしれない」

友部も、二人の女性秘書の存在はチームにとって有益だと思っていた。

一時間足らずでビアパーティは終了した。

飲み物、食べ物ともそれしかもたなかったのである。

友部と宮坂は会社の近くの飲み屋に入った。カウンターで冷酒を飲みながらの話になった。

「今夜のパーティ、大野管財人の許可を取ったのか」

「もちろん。独断はありえんよ。裁判所の正式認可を得てからでもよろしいんじゃないかと言われたが、ほんのビールを一杯飲むだけですので、と押し切った。経費の少なさを知って、驚くと思うよ。ま、ある種のパフォーマンスみたいなものかねぇ」

「なるほど。それはそうと、関連会社で気になるのが一つだけあるな」

友部は、宮坂に胸中を読まれて、先回りされたことになる。実はこの話をいつ切り出すか考えていたのだ。

「〝M案件〟のことは、格別な思い入れがあるからなぁ。やっぱり宮坂も気になってたんだ」

「関連会社は川邉弁護士が担当してるが、契約者保護を第一義的に考えれば、売却するに決まってるんだろうな」

川邉一郎は管財人代理で、あとから管財人団に加わった若手の弁護士だ。

関連会社は国内二十法人、海外現地法人五社、社員は合計約一千六百人。

ミヤコスポーツセンター（ＭＳＣ）は、資本金三千万円の小規模会社だが、優良子会社であった。

成城の一等地に一万坪近い土地を所有しているのだから、大型物件、大型案件といっても過言ではない。

ＭＳＣは日本一の高級スポーツクラブとして知られてもいたのだ。

宮坂が冗談ともつかず、笑いながらのたまわった。

「ＡＩＣとしても、温存したほうが得なんじゃないだろうか。売却しないように、川邉弁護士に話してみろよ。中長期的に見てもなにもかも売却してしまうなんて、おかしいんじゃないかねぇ」

「ＡＩＣジャパンに、多分その気はないと思うが、当たってみるか。管財人団と事業管財人団がつるんでいることを、はっきりさせるだけでも多少は意味があるんじゃないか。よし、当たって砕けろでやるか」

「初めから砕けろはないだろう」

宮坂が酌をしながら、茶化し気味に言った。

「そうだな。気合いを入れて、本気でぶつかろう。安太郎に直訴した十八年前のことが、思い出されてならない。感傷に過ぎないと言われるかもしれないが」

友部は気合いを入れるように、ぐい呑みを呷《あお》り、宮坂のほうへ首をねじった。

「Ｍ案件で関連事業チームが関与してると思うか」

「気になっていたので、課長クラスにそれとなく訊いてみたが、ぽかんとしてたよ。蚊帳の外で、管財人団が独断で売却した可能性のほうが強いんじゃないのか」

「独断ねぇ。全権限を掌握している権力者だから、独断はちょっと違うかもな」

「いずれにしても調べてみる手だろう」

「そうだな」

友部は下唇を嚙みしめながらうなずいた。

2

翌日の土曜日の夜、七時過ぎに、大学時代のクラスメートの山際善夫《やまぎわよしお》から、友部に突然電話がかかってきた。

山際は旧財閥系の一流商社に入社した。在学中に二、三度麻雀をして、目から鼻に抜けるようなこすっからい男であることが分かったので、友部は敬遠していた。年賀状のやりとりだけの淡い仲だ。

挨拶のあとで、山際が厭みたっぷりに言い放った。

「おまえ尾羽《おは》打《う》ち枯《から》してるんだろうなぁ」

「おっしゃるとおりだ。残務整理に追われてる毎日だが、スポンサーが決まったので、ひと安心だ」

「AICだな。外資系生保のあくどさは相当なもんだぞ。俺がおまえの骨を拾ってやろうか」

「大商社のあくどさも負けてないんじゃないのか。遠慮させてもらうよ」

「ま、友部ならどこへでも、もぐり込めるから心配ないか」

「用向きはそんなことなのか」

「違う違う。淡野景子の大スポンサーのマメゾンとかいうデベロッパーが、ミヤコスポーツセンターを買ったとか買うっていう話を小耳に挟んだが、事実なのか。俺はミヤコスポーツセンターの会員なんだ。東都生命が破綻しても、スポーツセンターは潰れないと支配人たちは断言してるが、ほんとうのところはどうなのかね」

「おそらく前者が事実かもなぁ。優良資産をどんどん売却している」

「いま退会すれば、預託金は全額返してくれる。退会するほうが無難だな」

「それが賢明な判断だろうな。ところで、マメゾンの情報は確かなのか」

「確かなことをおまえが裏づけてくれたんじゃないのかね」

「売却先までは聞いてないんだ。マメゾンってどんな会社なんだ」

「まともな会社じゃないって聞いてるぞ。大物政治家や反社会的勢力とつるんでるっていう噂もある。マメゾンがミヤコスポーツセンターを買ったとして、資金源が不透明なんじゃないか。管財人の三百代言の弁護士がアンダー・ザ・テーブルで、うまいことをやらかしてるんじゃないか注意するに越したことはないだろうぜ」

「貴重な情報をありがとう」

「そのうち一杯やろうや」

「そうだな」

友部は「一杯やろうや」が実現するとは思わなかった。

だが、さすが嗅覚《きゅうかく》の鋭い商社マンだけのことはある。昨夜、宮坂と話したばかりだが、偶然とはいえ、山際の情報は有難かった。

友部は、明日香と太と食事を摂りながら、心ここに非ずだった。

大商社の相談役だか顧問でマスコミ受けする男の顔を目に浮かべていた。財界活動にも多忙な男だが、当該商社の経営が思わしくない時代に、一年間給与を返上したという逸話の持ち主だ。

「それは事実に反する。せいぜい三、四ヵ月だ」と誰かに聞いた覚えがあった。

その男の座右の銘が〝清く正しく美しく〟だと聞いたときは、噴き出してしまった。タカラジェンヌじゃあるまいし、およそ商社マンに相応しくないと考えないところが、この男の厚かましさである。鉄面皮と言われても、文句を言えた義理ではあるまい。

イケメンの山際からの連想だが、商社マンほどこすっからい人種はいないと言いたいくらいだ。

「あなた、なんだか変よ。躰の調子でも悪いんじゃないの」

「そんなことはない。ちょっと会社のことを考えてたんだ」

明日香のひと言で、友部は我に返り、あわてて、鰺の干物に箸を付けた。

テーブルから、ソファに移動してからも、友部はテレビに集中できなかった。

マメゾンはフランス語のMA　MAISONだ。〝我が家、私の家〟という意味だが、「デベロッパー」で「まともな会社じゃない」と山際は言った。

徹底的に調べるべきだと、友部は結論づけた。

二月二十四日土曜日の夜、友部は電話で宮坂と連絡を取り合い、法人部門からピックアップした中西茂をMSC調査に張り付けることを決め、中西自身にも特命でその旨を指示した。非慶応系だが、頭の回転も速く、行動力も間然するところがない。中西なら、必ず結果を出すに相違なかった。

「頑張ります。おまかせください」

中西の反応ぶりは頼もしい限りだ。

3

中西は五日間ほどで、ミヤコスポーツセンター（ＭＳＣ）関係のレポートを友部に提出した。Ａ４判十ページに及ぶ労作だった。

友部は一読して、よくやったと思い、中西のデスクに目を投げたが、席を外していた。

レポートで、友部がいちばん仰天したのは、ＭＳＣがすでに二社に分割されていたことだ。

収益源の目黒のスポーツクラブが、ＭＳＣから切り離されていたのである。

こうしたドラスティックな手法は、外資、わけてもアメリカ系外資の得意技《とくいわざ》だ。

このことは、ＡＩＣもしくはＡＩＣジャパンの意向なり方針が、ＭＳＣを温存するのではなく、売却することを示して余りある。ＡＩＣ側のドライな割り切り方は、敵ながら天晴れと褒めるしかない。

ＡＩＣがスポンサーになることは、更生手続開始前から決まっていた。いわば、松永路線が踏襲されただけのことだ。大野率いる法的管財人の手柄でもなんでもない。

ＡＩＣは、保険業務以外に関心がないことが裏付けられたともいえる。

株式会社ミヤコスポーツセンターの温存はあり得ないことに、友部は強いショックを受けた。

一方、マメゾン株式会社の実体はいかなるものなのか。

中堅デベロッパー（不動産等の開発会社）。低層集合住宅の建築で急成長を遂げ、すでに年間五百億円の売上規模に達し、二〇〇一年秋を目途に株式の店頭公開を目指している。

「まともな会社じゃない」はどうか。

〝規制のある土地でも強引に住宅を建ててしまう。商道徳や計画性は二の次、三の次で、カネになりそうな物件なら、手当たり次第購入する。バブル期の地上げ屋に近い存在で、二、三年前まで公的機関の融資が受けられなかった〟と、レポートは「まともな会社じゃない」を裏付けていた。

さらに、マメゾンはペーパーカンパニーのダミー会社がすでにMSCの全株式を取得していることにまで触れていた。

問題は、暖簾代（営業権）だが、なんと十五億円とあるではないか。約千七百人の預託金は約三十億円と見込まれるので、マメゾンは四十五億円で約一万坪の一等地を手に入れたことになる。

路線価の三分の一以下で購入したのだ。時価、実態は分からないが、それにしてもひど過ぎる。

アンダー・ザ・テーブル、袖の下があったと考えてもおかしくない。

友部はレポートを背広の内ポケットにしまって、頭を抱えた。

AICの事業管財人が〝M案件〟に関与しているかどうか。

代表取締役社長の権限をもつ大野管財人がかかわっているかもしれない。

それとも関連会社担当の川邉弁護士の独断によるものなのか。

たかがスポーツセンターではないか、と黙殺するには、問題が大き過ぎる。

「三百代言……」とのたまわった山際の言葉が友部の耳底にこびりついていた。

いずれにしても裏があることは間違いなかった。

レポートのなかで、建設中の赤坂の高層ビルのスーパーゼネコンとマメゾンの関係を示唆している点も、気になってならなかった。

中西の労苦を無視するのは忍びない。だが管財人室長といっても、参事の立場をわきまえるべきではないのか、との声も聞こえてくる。

4

三月一日、仕事を終えた夜九時過ぎに、友部は帰り仕度をしながら、宮坂に目配せした。まだ、パソコンに向かっている者が四人もいた。

その中に、中西も入っていたが、友部と目を合せることを避けているのか、黙々と仕事をしていた。やるじゃないか、と友部は感じ入った。

「お先に失礼するぞ。峠は越えた。きみたちもなるべく早く帰るように。わたしに報告することがあったら、あしたの朝八時に出社するから、そのときにしてもらおうか」

「承知しました」と応えた者もいたが、中西は軽くうなずいただけだった。

友部が管財人室を退出した三分後に宮坂が「お先に」と四人に声をかけて、退社した。

二人が示し合せて退社したことは見え見えだが、中西は密談の中味まで分かっているに相違なかった。

友部と宮坂は、渋谷の道玄坂近くの割烹店の小部屋で落ち合った。馴染《なじみ》の店だ。二人で飲食するときは割り勘と決めていた。

ビールを飲みながら、友部が切り出した。

「酒類は控え目にしてもらいたい。重要な話があるんだ」

女将が挨拶がてら、料理を運んできた。

「ビールをあと一本だけお願いします。日本酒を飲むかどうかは一時間後に決めます」

「かしこまりました。お料理を運ぶだけにいたします」
三十七、八歳と思える女将は、客あしらいに秀でていた。
「話はミヤコスポーツセンター・プロジェクトだな」

「そう。〝M案件〟だ。中西がレポートをまとめてきた。『室長限りにお願いします』と中西から念を押されてるので水臭いようだが、宮坂にも見せられない。相当シリアスなレポートだ。その内容は話すがメモを取らないでくれないか」

友部の話を聞きながら、宮坂は喉が渇くとみえ、あっという間に中瓶のビールを手酌で空にしてしまった。

「マメゾン株式会社がフロント企業である可能性も否定できない。いや、確実だと考えていいと思う。ダミーのペーパー会社に、ＭＳＣの全株が東都生命と大盛建設から移動していることも問題だが、僕がいちばん気掛かりなのは、松永社長がＡＩＣとつるんでいるのかどうか、マメゾンからキックバックっていうか、アンダー・ザ・テーブルみたいなことがあったかどうかだ」

宮坂は空の中瓶をグラスに傾けた。数滴の雫がグラスに落ちた。宮坂はそれを呷ってから、友部を厳しくとらえた。

「ない。断じてない。断言できる。松永社長に限ってあり得ないことだ。ＡＩＣジャパンの上層部と会食したことは、わたしの知る限り四度あったが、二度の会食代は秘書室が処理してる。つまり、替りばんこだ」

「宮坂と同じで、人格高潔なんだな」

「そんな言い方は、友部とわたしの関係で、いくらなんでもひどいんじゃないのか」

「そうむきになるなって。だが、ひと言多かった点は謝るよ」

友部は笑顔で返し、ほんの少々頭を下げた。

「ついでに訊くが、安太郎はどうだろうか。ＭＳＣが、安太郎のトップダウンで決まったことを、われわれは十八年前に当人から確認しているが」

仲居が二本のビールと茶碗蒸しを運んできた。

友部は素早くビール瓶をつかんでから、「おひやを大きなグラスに二杯お願いします」と頼んだ。

「かしこまりました」

仲居が退出する前から、宮坂はグラスを突き出していた。

友部は、二つのグラスを満たした。そして中瓶を右手から左手に移して、握って離さなかった。

「これは半分ずつ飲もう。きみだけ独り占めする法はないだろうぜ」

「分かった分かった」

宮坂の表情がやっとほぐれた。

「安太郎がいかがわしい人たちとつき合ってた事実はたぶんあったと思う。週刊誌にどれだけ叩かれたか分からないもの。しかも、一九九二（平成四）年に有力経済誌の『S』にこっぴどく叩かれた。週刊誌にも袋叩きにあった。会長になっても人事権者だったが、わたしが安太郎付の秘書を二年ほどやらされた限りでは、悪さをしてないと思う。身銭を切ってればともかく、赤坂のビルの一件が白日のもとに晒されて以来、自重していたと思う。外資との提携に反対だったことは友部だって百も承知なんじゃないのか」

「恥を晒してまで、大日生命の鈴木社長に風評営業の抗議に行ったことも、白《シロ》のエビデンスになるかもな」

仲居が運んできた大きなグラスに二人の手が同時に伸びた。

「ビールより、ミネラルウォーターのほうが美味しいな」

「じゃあ、ビールはもういいんだな」

二人はジョークのやりとりをした。

「それはないだろう」

「そうだろうな」

こんどは、二人とも笑っていた。

友部が二つのグラスにビールを注いだ。

「松永社長と安太郎が白《シロ》なら、ひと安心だな。そうなると、管財人団と事業管財人団がつるんで、反社会的勢力に与《くみ》した疑惑が浮上してくるぞ」

「そうかなぁ。あの紳士然とした大野弁護士がねぇ」

宮坂は引っ張った声で返し、顔をしかめて不味そうにビールを飲んだ。

「黒《クロ》を白《シロ》と言うのが弁護士先生なんじゃないのかね。商社マンの大学のクラスメートに、『管財人の三百代言の弁護士がアンダー・ザ・テーブルでうまいことやらかしてるんじゃないか注意しろ』とか言われたが……」

「その話は聞いたが、会社更生、倒産処理でそこまでやるだろうか。バレたら弁護士生命を失うことになる。いくらなんでもそんなリスクを冒すだろうか。友部の考え過ぎだと思うけど」

「にやけ面《づら》の事業管財人はそのぐらいのことをやらかしかねないんじゃないのか。関連会社の処理を一人で仕切ってきた川邉弁護士も好きになれない。管財人団の弁護士グループが、スポンサーのやりたい放題を黙認してきたとしたら、問題なんじゃないか」

「友部が管財人団とも、事業管財人団とも距離をおいて、ウォッチャーとして機能したことは評価するにやぶさかではない。だけど、疑い出したら切りがないだろう」

「マメゾンがまともじゃない会社であることは事実だ。この点は、管財人室長の立場で指摘させてもらってもいいと思うが」

友部は表情を引き締めながら、わが胸に言い聞かせた。

「中西に調査させたことも、宮坂に話したことも秘中の秘だ。僕ひとりの責任でやらせてもらう」

「やらせてもらうって、なにをどうやるのかね」

「まず事業管財人の岡本さんと話してみたいと思う。どういう顔をするかを見るだけでも、なにがしかの意味はあるだろう。そのあとで、川邉弁護士に会うよ」

「わたしも友部と一緒に行動させてくれよ」

「ダメだ。僕ひとりのほうが無難だ」

友部はきっぱりと言い切った。

5

友部は、まず事業管財人の岡本と話すつもりだったが、考えが変った。

岡本は、スポンサーの代表だが、それは名目上のことで、AIC本社のカーク・ウィルソンのほうが身分、立場が上位であることが分かったからだ。

アメリカ人の三名は、会長執務室、社長執務室などの役員フロアの個室を利用していた。ウィルソンは会長執務室を使用していたのだから、分からないほうがどうかしている。

友部は三月二日の昼下りに、大野など管財人団に無断でウィルソンと面会した。

友部の英語力がものをいったとでも言えようか。

管財人室長の立場をわきまえているかどうかは定かではなかったが、ブロンドの若い女性秘書は、大きなウィンクをしてから、ウィルソンの面会を求める友部を元会長室に案内してくれた。

ハーバード・ビジネス・スクールで学んだことを明かしたことが、面会の決め手になったとも考えられる。

「ハウ・ドウ・ユー・ドウ」

友部は管財人室長の名刺はなかったが、裏側がヴァイス・プレジデントの横書の名刺をウィルソンに両手で差し出すと、ウィルソンからも名刺を受け取ることができた。

肩書はＡＩＣ本社のディレクター、執行役員クラスだ。

ＡＩＣジャパンの副社長とは比較すべくもなかった。

友部が東都生命の管財人室長で、東都生命の事務方のトップだと説明すると、ウィルソンは深くうなずいて、約三十分時間を割いてくれた。

ウィルソンと話して、ＡＩＣ本社が関連会社には無関心で、ミヤコスポーツセンターの存在さえもほとんど認識してないことが分かった。

「収益を挙げてる日本一のスポーツクラブを新会社で運営することは考えられませんか」

「ＡＩＣジャパンには立派なジムがある。そんな必要はない」

「勿体ないと思います。一度小田急線の成城学園前にあるスポーツクラブをご覧いただけないでしょうか。車で一時間もかからないと思います。いかがでしょうか。同じミヤコスポーツセンター・コーポレーションの施設である目黒のスポーツクラブもご覧いただけると嬉しく思いますが」

「ＡＩＣは、保険会社だ。きみの気持ちは分からぬでもないが、ＡＩＣも東都生命も保険会社であることをもっと自覚すべきではないのかね」

「おっしゃるとおりです。わたしの考えが間違ってました。大変申し訳ありませんでした。ミスター・ウィルソンにお目にかかれて、光栄至極《こうえいしごく》です。ありがとうございました」

「きみのカンバセーションはなかなかのものだ。さすがハーバードで学んだだけのことはあるな」

「小学校と中学校はニューヨークとロンドンで暮らしたこともプラスになってます」

「ミスター・トモベにはＡＩＣグループで仕事をしてもらいたいな」

「光栄至極です」

友部は、ウィルソンとこんなやりとりをした。

そして固い握手を交わして、辞去した。

岡本は外出していることが多かった。また、友部の立場でアポイントメントなしで会うことは不可能に近い。しかし、ウィルソンとはアポなしで面会を許されたのだから、矛盾している。ただ、ウィルソンに対しては、友部の押しの強さと、ＭＢＡ取得者のメリットを最大限活用しただけのことだ。

だが、同じ日本人である岡本には通用しない。

しかも、ＡＩＣジャパンもＡＩＣの全額出資による日本法人なのだから、スポンサーであることに変りはなかった。

岡本と面会するには、管財人団に無断というわけにはいかないことは分かり切ったことだ。

宮坂に「まず岡本と話す」と言った己《おのれ》の莫迦さ加減に、友部は立腹した。

その日の夜、八時過ぎに友部は隣席の宮坂のほうへ椅子ごと躰を寄せた。耳をそばだてる者はいなかったので、友部は声量を落しながらも普通に話した。

「ちょっといいか」

「会ったのか」

宮坂が声をひそめたので、友部は笑いながら「内緒話でもないだろう」と、牽制球を投げた。

「岡本氏にはまだ会ってない」

友部は、天井を指差した。岡本の個室も六階だった。

衝立の向こう側を顎でしゃくってから、友部がつづけた。

「弁護士先生のお許しなしでは無理なことに気づいたよ」

「そうだろうなぁ」

「ただし、それ以上の収穫があったとも言えるな。会長執務室でふんぞりかえってるアメリカ人と話ができた。僕の心臓の強さがレベル以上であることを再認識したよ」

「いまさらなにを言うか」

宮坂は「プウッ」と噴き出したが、あわて気味に掌で口を押えた。

中西の視線を受けた友部が、笑顔で軽く右手をあげた。

中西は会釈を返して、パソコンに集中した。

「十八年前と同じことをしでかしたわけだ。ブロンドの美形の秘書が会長執務室に案内してくれた。ウィンクまでされたのには、びっくりしたし、まんざらでもなかったよ。ウィルソンが在席してたのは偶然で、ラッキーとしか言いようがないな」

友部は、自席に戻って、ペットボトルの水をひと口飲んだ。その間に、宮坂のほうが接近してきた。

「結論を言う。ＡＩＣはスポーツクラブには無関心で、〝Ｍ案件〟のことなどカウントもしてない」

「つまり、隣と事業管財人がグルだってことになるわけだろうか」

「それもあり得るが、管財人団、いや管財人の独断も考えられるんじゃないか」

「だとしたら川邉先生は、どういう役割を担ったのかねぇ。いまの時間、隣は一人もいないよ」

こんどは、宮坂が顎をしゃくった。

「承知してるよ。だからこそ、こうしてきみと話してるんじゃないの」

「ま、そうだな。で、返事は？」

「命令できる先生は、一人だけだ。しかも政治力も、渉外力もレベル以上ときてる。それどころかあの若さで、いまや倒産処理の第一人者になったかもな。なんせ、東都生命ほどでかい会社の保全管理人、管財人に任命されたんだから凄いよ。さぞや、その他大勢の弁護士先生から、やっかまれてることだろうぜ。日本の弁護士は、アメリカと違って、立場がずっと強いからな。アメリカで、大稼ぎしてる弁護士は一割か二割だろう。アメリカでは、道順を訊いただけでカネをせびる弁護士がいるとか聞いたことがあるな」

「そんなことはどうでもいいよ。友部は、今後どう出ようとしてるんだ」

宮坂はじれったそうに先を促した。

「宮坂の意見はどうなの？」

「まずは川邉先生だろう。大《だい》先生に会うのは、その次なんじゃないのか」

「順序はそうなるか」

「友部はウィルソンというカードをもってる。カードを切るとしたら、大先生のほうかもしれないね」

「ううーん。仰《おお》せに従いますか」

「それがいいよ。先生のアポを取ろうか」

「いや。自分でする」

友部は、小さく手を払って、デスクの書類に目を落した。


友部が中西のケータイを鳴らしたのは、ＪＲ御茶ノ水駅から、自宅マンションに向かっている午後十一時過ぎだ。

「友部だが、いま大丈夫か」

「はい。どうぞ」

「よくやってくれた。お礼を言うのはこれで二度目か。近日中に一席もうけさせてもらうからな。きみのレポートは誰にも見せてないから安心してくれていいよ」

「友部室長を信頼、信用していますので、まったく心配していません」

「ただ、宮坂には要点を話した。それと、先刻、宮坂と話してた内容を話しておく……」

話を聞き終えた中西の嬉しそうな声が返ってきた。

「どうもありがとうございます。室長はほんとうに凄い人ですね」

「中西には負けるけどな」

「そんな。恐れ多いです。ホットなニュースがあるのですが、ご自宅にメールしましょうか」

「いや、フェイス・ツー・フェイスで話を聞くのがいいな。中西の慰労会を兼ねて、あしたの夜会おう。時間はどうする。僕はなんとでもなるが」

「わたしも、なんとでもなります。土曜日でもありますので」

「七時に、代官山の〝トスカーナ〟で待ってるよ。じゃあ、おやすみ」

「お電話ありがとうございました。おやすみなさい」

第九章　広告塔

1

三月三日午後七時に友部が代官山のレストラン〝トスカーナ〟に顔を出すと、隅のテーブルにいた長身の中西が起立して、低頭した。土曜日なのに、管財人室は全員出勤した。

「やあ」

「どうも」

「直帰するって、富田さんに伝えたらしいな」

「はい。それは事実ですので」

「そうだな。僕は宮坂にあとをまかせて、野暮用があるので先に帰らせてもらうと嘘を言ってできた」

友部も笑顔で応じた。

「コースでいこうか。まずはビールを飲もうか」

「いただきます。緊張しているせいか、喉が渇いてます」

ビールで乾杯したあと、中西が上体を友部に寄せた。

「先にその後の調査結果を報告させていただきます」

「いいよ。聞かせてもらおう」

「マメゾンの背後に淡野景子国土交通大臣が存在しています。マメゾンの広告塔までやってますので、間違いありません。日時も特定できますが、ごく最近、マメゾンが建築中の国立市の低層の集合住宅の展示場に現れて、『木が多くて良い』とか、『川まで流れてる』とか『屋上の芝生がきれいだ』などと展示場に来ている人たちの前で、PRに努めたそうです。宣伝用のポスターにでも使うつもりなのか、写真班が大臣と社長が握手したり、談笑している場面を撮りまくっていたと聞いています」

「国交省といえば、建設省、運輸省などを一緒くたにした最大の省で、昔は時の首相の派閥が大臣のポストを必ず確保していた。特に建設省は利権が巨大だからねぇ。その大臣が一不動産開発業者の広告塔とは恐れ入ったなぁ。巨額のリベートをせしめるつもりなんだろうか」

「そう思います。レポートにもかきましたが、今年秋を目途に店頭公開を予定しているとすれば、淡野大臣は未公開株を保有していると考えられないでしょうか。売却益は半端じゃありません。億単位の可能性が高いんじゃないでしょうか」

「これまた大昔の話だがリクルート事件なんていうのがあったねぇ。新聞社の社長、副社長、編集局長、大物政治家、大物財界人、川崎市の助役まで未公開株の旨味にありついて、社会問題になった大事件だった。あの大事件までは、何でもありの時代だったな」

「マメゾンの店頭公開が実現したら、淡野大臣はスキャンダルに巻き込まれるような気がします」

「しかし、〝まともな会社じゃない〟のが店頭公開できるのだろうか。店頭公開の資格は厳しく問われるから、疑問符が付くと思うが」

「同感です。ただ、曾根田元首相、石野信光《のぶみつ》代議士、高木雅彦《まさひこ》前法相などの政治家の会員がMSC（ミヤコスポーツセンター）の会員を早々と辞めてます。こうした情報が永田町に筒抜けなのも、異様ですよね。政治家たちの圧力で店頭公開が実現することはないでしょうか」

「東京証券取引所の審査はそんないい加減なものじゃないと思うよ」

ミネストローネスープとパンがテーブルに並んだ。

友部が先に取るのを待って、中西がスプーンを手にした。

「野菜たっぷりで、悪くないな」

「美味しいです」

「うん。いけるな」

スープを片づけた友部が、パンを千切った。

「マメゾンの店頭公開はおくとして、淡野国交相が圧力をかけてきた可能性はあるな。事実としたら、大変な問題だ。それがなかったとしても、路線価の三分の一で一万坪もの一等地をマメゾンに売却した人たちの判断は責められていいだろう」

中西がナプキンで口を拭いた。

「同感です。ニュースソースを明かすわけにはいきませんが、必ず裏があると思います」

「僕がＡＩＣ本社のＭＤに会ったことは、昨夜のうちに中西に話したが、管財人なり事業管財人にどうアプローチしたらいいのか、迷うところだな」

「室長の武勇伝は先輩から聞いたことがあります。安太郎よりは、弁護士先生たちのほうが相手として与しやすいんじゃないでしょうか」

「武勇伝ってなんのことだ？」

真顔の友部に、中西が小首をかしげた。

「東都生命のキャリアで知らない人がいるんでしょうか。わたしは、安太郎とも申し上げてます」

こいつ、言うじゃないか、と友部は思い、苦笑した。

「汗顔の至りだな。中西は同志社だったよなぁ」

「はい。法科です」

「イントネーションは関西じゃないような気がするが」

「はい。東京生れの東京育ちです。京都が好きなんです」

「同志社は関西の慶応っていう感じだが、東都生命に入社したことを後悔してるだろうな」

中西は、ビールを飲んで、しばらく返事をしなかった。

「安太郎のことは知りませんでしたし、東都生命は名門生保です。破綻するなんて夢にも思っていませんでした」

「つまり後悔してるわけだな」

「はい。ただ、友部室長に管財人室のメンバーにピックアップしていただいたとき、その気持ちが減殺《げんさい》されました。プライドをくすぐられたからでしょうか」

「管財人室がエリート集団であることは確かだろう。宮坂と僕はダラ幹だけど」

「ご冗談を。友部室長に目を付けた管財人団は立派だと思います」

「その僕が管財人団と切り結ぼうとしている。かれらは、しまったと思うだろうな」

「トータルで考えたら、友部室長のリーダーシップぶりを評価せざるを得ないのではないでしょうか」

「東都生命には、MBAを取らせてもらった。たとえは違うが、一宿一飯の恩義以上の借りがあるからなぁ。先輩たちにも鍛えてもらったから、最後のご奉公をしないとねぇ。ワインを飲もうか」

「はい。いただきます」

友部がウェイトレスにイタリア産の赤ワインのボトルをオーダーした。

店内はほぼ満席に近かった。

若者が多いのは、リーズナブルな料金だからだろう。

「友部室長は、東都生命が外資系生保として出直すことが決まった瞬間、お辞めになるんですか」

「どうして？」

「いま、最後のご奉公とおっしゃいました」

「失言、放言の類いだな。まだ決めてないよ。外資系生保で仕事をするのもいいんじゃないのか」

「そうあって欲しいと願ってますよ。管財人室の若い職員の間で、新生の東都、つまりＡＩＣ系の生保で役員を目指しているんじゃないか、などと話しています」

「そんなに働いてるとは思わない。中西たち若い人たちのパワーで保ってることは、管財人団は分かってるよ」

中西がさかんに首をひねったり、かしげたりしているのを目の端でとらえながら、友部が話をつなげた。

「中西はどうなの？　きみは英語力もあるから外資系生保に残っても充分勤まる。それどころか次代を担うリーダーになれるかもしれないぞ。東都生命のホープだったんだからな」

「繰り返しますが、管財人室のメンバーに選んでいただいたことは、感謝しています。友部室長とご一緒に仕事ができたことも、ラッキー、ハッピィでした。わたしはＭＢＡを取得しているわけでもありませんので、東都が外資系生保になっても残るしか選択肢はありませんが、そうなったときに友部室長に鍛えていただくのが夢です。文字どおり夢物語で終ると思いますが」

こいつ、言うなぁ、とふたたび友部は思ったが、はぐらかした。

「そんなふうに言ってくれるのは中西だけだ。今度のレポートといい、きみのパワーは認める。ＡＩＣは若手の成長株を手放さんだろうな」

赤ワインを飲みながら、友部が話を蒸し返した。

「マメゾンにＭＳＣを売却した件はどうするかなぁ」

「僭越ながら、わたしの意見を申し上げてよろしいでしょうか」

「どうぞ」

「黙殺するのがよろしいと思います」

「どうして？」

「管財人団にせよ、事業管財人団にしても、それを言い立てれば、友部室長に辞任を求めると思うからです。つまり、東都生命が外資系になったとき、旧東都で、外資の人たちと互角以上に渡り合える人がいるとしたら、友部室長以外にいないと思うからです。夢物語と矛盾しますが、ひと筋の光明が見えてきます」

「中西はおだてるのが上手だねぇ。しかし、ＭＳＣのことを言い立てても、僕のクビを取ることはできないと思うが。なぜだか分からないのか」

中西は思案顔で天井を仰いだ。

「中西らしくないな。僕は担保を取ってるよ」

「ああ。そうでした。ＡＩＣ本社のＭＤとお会いしたのですね。失礼しました」

「したがって不問にするつもりはない。僕の性格として口を緘《かん》することはできないな」

赤ワインが運ばれてきた。

「テイスティングはいいです。あちらから注いでください」

友部が中西のほうへ右手を差し出した。

「もう一度乾杯しよう。中西のレポートに感謝を込めてな。ただし、言いたてるときは、僕が個人的に調べたことにする。ＭＳＣになにがしかの思い入れがあることは、かれらにも理解できるはずだ」

「友部室長に鍛えられたことに感謝して。それ以上にこれからも鍛えていただくことを願って、乾杯！」

「乾杯！」

友部の舌には辛口の赤ワインがほろ苦く感じられてならなかった。

中西が追い討ちをかけてきた。

「友部室長が管財人団にいくらクレームをつけても、白紙還元の可能性はゼロです。厭な思いをされるだけのことだと思いますが」

「中西は一パーセントの可能性もないと思うのか」

「九十九・九九パーセントないと思います」

「レポートの内容には自信があるのか」

「百パーセントあります」

「だとしたら、司法が傷んでることを示すことになるんじゃないのかね。白紙還元の可能性が、〇・〇一パーセントだとしても、このことの意味がないとは思わんが」

中西は不承々々うなずいた。

2

友部が川邉と面会できたのは、三月七日の午前十時過ぎのことだ。

大野管財人は不在だった。

管財人団の応接室で、二人は向かい合った。友部はスーツ姿だが、川邉はワイシャツ姿だった。

川邉は色白で、のっぺりした小顔だ。スリムだが、上背は百六十五、六センチだろうか。年齢は三十七歳で、友部より歳下だ。

「改まって、なにごとですか」

友部は努めて静かに話した。

「関連会社の処理が急速に進んでいますが、MSCがどうなったかお尋ねします」

川邉は厭な顔をした。

「友部さんと、なにか関係がありますか」

「大いにあります。その話はいずれさせていただきますが、いま現在、MSCがどういう状況にあるのか、お教えください」

「仮に友部さんとなんらかの関係があったとしても、あなたに開示するいわれはありません。管財人団におまかせください」

言葉は丁寧だが、川邉は高飛車だった。

「開示できない不都合でもあるのでしょうか」

「言葉を慎みたまえ。管財人団に全権が委ねられているんですよ。われわれは、いわば経営執行部で、友部さんは社員に過ぎません。勘違いしないでください」

「経営執行部はなにをしても許されるのでしょうか。たとえば安東太郎前会長のように会社を私物化してもよろしいのでしょうか」

川邉はいっそう顔をしかめて、ソファに背を凭《もた》せ、腕組みした。脚組みはとうにしていた。

「まるで喧嘩腰ですねぇ。友部さんが管財人室長として仕事をしていることは聞き及んでますが、やはり勘違いしてますよ。われわれ管財人団は東都生命を再生にみちびくために、東京地裁に任命されたのです。そのために使命感をもって昼夜を分かたぬほど働かされました」

「先生方が東都生命の再生に向けて、使命感をもって取り組んでおられることは承知しております。ただし、MSCの処理の仕方は間違っています」

川邉がおやっという目で、友部をとらえた。

友部は、自信たっぷりに、ゆっくりと話をつづけた。

「路線価などを基準に、不動産を売却することが管財人団の方針と承知しております。資産評価をめぐって、スポンサーのAICとの間で激しい鍔迫《つばぜ》り合いがあったことも承知しております。マメゾン株式会社に路線価の三分の一以下で売却したのは、どうしてなのでしょうか。また、マメゾンのダミーのペーパーカンパニーに、MSCの全株式がかなり早い時期に移動した事実についても、ご説明いただきたいと存じます。MSCが二つに分割されたのも、失礼ながらスポンサーの言いなりになったとしか思えません。これまた失礼ながら先生方の鼎《かなえ》の軽重《けいちょう》が問われると存じますが、アメリカ系外資の常套《じょうとう》手段を唯々《いい》諾々《だくだく》とお受けになったことは理解に苦しみます」

「友部さんはよく口が回りますねぇ。さすがハーバードでMBAの資格をお取りになっただけのことはありますよ」

川邉は皮肉たっぷりに言い放った。そして脚をセンターテーブルの下まで伸ばした。

「東都生命の破綻後も、MSCが会員を募集していた事実と、政治家たちが早期に退会したことの不整合性について、どうお考えになりますか。お応え願います」

「いまどきMSCの買い手なんか、そうはありませんよ。大野先生と相談してみましょうかねぇ。残念ながら、友部さんはご自分の立場をわきまえておられない。こんな小さな問題で、大野先生をわずらわせるのはいかがなものでしょうか」

「小さな問題では断じてありません。社会的に見ましても、大問題です。倒産の責任は旧経営陣にあると思います。川邉先生は管財人団は全権を委ねられた経営執行部とおっしゃいましたが、でしたら職員に対して説明責任を果たしていただきたいと願ってやみません。大野先生にくれぐれもよろしくお伝えください」

中腰になった友部を、川邉が手で制した。

「超多忙な管財人室長に、MSCを調べる時間がよくありましたねぇ。友部さんの言われたことを事実だと認めたわけではありませんが」

「チャンネルは山ほどあります。ひとつだけ調査する動機づけを申し上げましょう。二月二十四日土曜日の夜、大学時代のクラスメートから自宅に電話がかかってきました。かれは商社マンで、MSCの会員です。いま、わたしが先生にお話しした、相当部分を教えてくれたのです。当然、マメゾン株式会社に全株が移動していること、MSCが二つに分割され、収益部門の目黒のスポーツクラブが切り離されたことなどです。AIC側の発想でしょう。日本の企業にはできない荒技です。失礼しました」

3

管財人団の応接室に友部が呼びつけられたのは、この日の午後四時過ぎのことだ。

大野、藤井、川邉の三人が友部を待っていた。

「失礼します」

友部は腰を折ってから、ソファに腰をおろした。

大野がにこやかに切り出した。

「東都生命の債務超過を当初予想された一兆円から六千億円に圧縮したことと生命保険契約者保護機構、すなわち公的資金不要の回答をＡＩＣからわれわれが引き出したことを評価していただけますか」

「もちろんです」

「契約者の保護を最優先課題とし、予定利率を一・五パーセントにするために、ＡＩＣとタフ・ネゴシエーションを続けてきたことはどうですか」

「先生方のご努力には頭が下がります」

友部は対面《トイメン》の大野に向って低頭した。右手に藤井、左手に川邉が坐っていた。

「戦後最大の倒産と新聞、テレビで大きく報道されました。ミヤコスポーツセンターの件はわずか五十億円程度の問題です。川邉先生におまかせしましたが、ぜひとも適切な価格で売却できたとご理解してください。話はそれだけです」

「申し訳ございません。少々お時間をいただきたいと存じます。路線価の三分の一以下が適切な価格とは到底考えられません。大野先生は売却先のマメゾン株式会社がどういう会社かご存じなのでしょうか」

大野の目配せを受けて、川邉が、話を引き取った。

「店頭公開を志向している、中堅のデベロッパーで、れっきとした優良企業です」

「違います。フロント企業に近い、いわくのある企業で、まともな会社ではありません。店頭公開も、困難と思われます。マメゾンの広告塔といわれている淡野国交相に傷が付くことを恐れます。わたしはそれ以上に大野先生に傷が付くことを恐れております。売却した株式を買い戻し、十五億円をマメゾンに返却することをなんとしても実行していただきたいと切に願っております」

「路線価の三分の一以下は事実なんですか」

大野の質問に、川邉は首をかしげた。

友部が挙手をして発言した。

「間違いありません。それと、松永社長は記者会見で、『AICは東都生命を独立した企業として再生させる意向だ』と明言しておりますし、個人的見解としながらも『保護機構にお願いする支援額はわずかで済む』とも明言しています。わたしは企画部に在籍しておりましたので、AIC、プレジデンシャル両社とも接触しました。松永社長が敷いた路線を強固にした先生方の功績を認めるにやぶさかではありませんが、MSCの処理の仕方については異議を唱えざるを得ません。繰り返しますが、売却先が悪すぎるからです。社会問題化することは目に見えています」

大野の表情は、相変わらずおだやかだった。

「わたしに傷がつきますかねぇ。ついたとしてもほんの掠り傷でしょう」

「負債総額三兆五千億円の大型倒産ですよ。五十億円は大海の一滴に過ぎません。友部さんは気の回し過ぎです」

「川邉先生ほどの方の発言とは思えません。金額の問題ではないとは思われないのでしょうか。失礼ながら事業管財人に振り回されていることはありませんでしょうか。初めにスポンサーありきの方向づけに誤謬《ごびゅう》があったとわたしは思います。必ず禍根を残すと考えます」

藤井が初めて口を挟んだ。

「契約者を保護するためには、優良資産の売却は仕方がありません。この程度のことは瑕疵《かし》にもならない。友部さんの立場は黙認するしかないと思ってください」

友部はほとんど藤井を睨みつけていた。

「大海の一滴と矛盾するのではありませんか。MSCを温存したとしても、一・五パーセントの引き下げ後の予定利率を変えるのは物理的にあり得ません。事業管財人に対するわたしの不信感を払拭するお応えをぜひともお願いします。できれば事業管財人にお目にかかって、直接お尋ねしたいと存じますが、ご許可いただけませんでしょうか」

大野の表情が変化することはなかった。声も優しかった。

「そこまではどうでしょうか。初めにスポンサーありきは、ある程度はやむを得ないと思いませんか」

「仕方がない面はあると存じます。しかしながらスポンサー主導の更生手続きではないかとの疑念を痛いほど感じております」

「大野先生に失礼とは思わないのかね。こんなのを管財人室長に指名した、わたしの不明を恥じ入りますよ」

声を荒らげる藤井に大野は右手を突き出した。

「よろしいじゃないですか。友部さんは、たいした人ですよ」

「藤井先生、申し訳ありませんが、どこのポストにいても、わたしはMSCの件を問題にしたと思います。管財人室長をうけていなければ、もっと情報が集められたのではないでしょうか。いつでも解任してくださって結構です」

「そう言えば、午前中に会ったとき、ミヤコスポーツセンターと友部さん自身が関係があるようなことを言ってましたねぇ」

友部は手短かに若気の至りの話をして、笑いを取ったが、それは一瞬のことで、応接室の空気は凍り付いた。

大野が険しい表情で浴びせかけた。

「管財人として友部さんに通告します。以降この問題に触れることを禁じます」

「きょうだけはお許しください」

友部は直ちに切り返した。

「くどいようですが、大野先生に傷がつくことを恐れます。アメリカのAIC本社は関連会社に無関心です。日本法人のAICジャパンと管財人団の在り方に疑惑を覚えずにはいられません」

「アメリカの本社と連絡を取ったのですか」

大野の質問に、友部は深呼吸してから応えた。

「ウィルソンＭＤにお目にかかりました。ご確認くださって結構です」

三人が顔色を変えた。

「ついでながら大野先生にお尋ねします。四十六歳以上の従業員は削減の対象となると、聞き及んでおりますが、事実なのでしょうか。事実だとしましたら、ＡＩＣ側の言いなりになったとしか思えません。四十六、七歳の働き盛りの人たちの雇用を守れなかった先生に不信感を覚えます」

腕組みして天井を見上げた大野の目が、なかなか下りてこなかった。

「大野先生に対して、よくもそんな口がきけますね」

藤井を手で制しながら、友部をとらえる大野が頬をゆるめたが、目は笑ってなかった。

「契約者、クライアントの立場を最優先することがわれわれの最大の使命です。スポンサーの言いなりはあり得ません。おっしゃるとおり働き盛りの従業員を削減せざるを得なかったのは事実ですが、企業の倒産とはかくも厳しいものなのです。われわれの苦渋の選択を非難するのは勝手ですが、われわれが限られた時間でまとめた更生計画案はベストだと確信している。友部さんに四の五の言われるいわれはありません」

大野の視線が宙をさまよった。

「それによって四百人もの有為の人材が職を奪われるのです。わたしは胸が痛み、かれらに顔向けできません」

友部は黙って一礼し、応接室から退出した。

第十章　辞表受理

1

　管財人室長の友部陽平は、管財人団とのやりとりを室長代理の宮坂雄造に逐一報告した。三月七日、午後九時過ぎのことだ。友部のデスクに宮坂が椅子を寄せていた。

　この日、管財人室のメンバーは珍しく九時までに退社して、残っているのは二人だけだった。

　話を聞き終った宮坂が溜息まじりに言った。

「なんだ、もうカードを切っちゃったのか」

「カードを切るタイミングは、むしろ遅すぎたと思うけど。繰り返すが、M案件については大野先生から『今後触れることを禁じます』と釘をさされた。つまり管財人命令だ。従わざるを得ないだろう。川邉先生が逃げ回ってたかどうかまでは分からないが、更生計画案が決定し、ＡＩＣとスポンサー契約も締結された。ほとんどの優良不動産が売却されてしまったことを考えれば、僕の行動は出し遅れの証文、後出しジャンケンの部類かもしれないと考えて、考えられないこともないからな」

「うーん」と宮坂が唸り声を発した。

「スポンサーのＡＩＣの立場は強い。そうだとしても、ＡＩＣとのタフ・ネゴシエーションで大野先生がどれほど譲歩を引き出したかは、宮坂も知ってるはずだ」

話していて、友部は内心忸怩たる思いで赤面を禁じ得なかった。

夕方の管財人団との話し合いでは強気一点張りで臨んだが、いま現在の心象風景は異なっていることを意識したからだ。

「事業管財人団イコールＡＩＣと管財人団は、出来レース、つるんでいるというのが、二人の共通認識なんじゃなかったのかね」

「しかし、管財人団が監督官庁の金融庁や裁判所との難交渉で示したパワーなどもカウントしなければなぁ……」

宮坂がなにか言おうとしたのを、友部は強引にさえぎった。

「もうちょっと言わせてくれ。もちろん、われわれ管財人室のフォロー、経営企画グループの調査役クラスの踏ん張りがあってのことだが、出来レースは事実だとしても、管財人としての矜持《きょうじ》まで、かなぐり捨てたとは到底思えない。大野先生は全体像をしっかりと掌握してたと考えるべきなんじゃないだろうか」

「大海の一滴とか、いろいろくさされたんじゃないのかね」

「帰するところ感情論なんだろうな。川邉氏、藤井先生の二人とはエモーションとエモーションの激突はあった。だが、大野先生は終始冷静だった」

「だけど、最後に引導を渡されたんだろう」

「管財人としての立場上、しょうがないんじゃないかなぁ」

宮坂が自席へちょっとだけ移動し、ペットボトルのミネラルウォーターをラッパ飲みした。

「頭がこんがらがってきた。友部はどうするつもりなんだ。基本的なスタンスを教えてくれよ」

「中西からなにを言いたてても無意味だと言われたことは、話したっけか」

「聞いたかもしれないが、覚えてない」

「中西は、僕に新たに誕生する外資系生保に留まって欲しいと言ってくれた。お世辞だと思うけど」

「本音だろ。東都生命の燃え殻みたいな外資系でも、友部なら東都生命色を少しは出してくれるんじゃないかと、わたしだって思うからな。そんなことより、M案件の基本的なスタンスを話してくれないか」

「僕は大野先生が傷つくことを恐れるとまで言ったんだ。だが、岡本事業管財人に会うことは不可能だろう」

「岡本の自宅に押しかければいいじゃないか。十八年前の若気の至りをもう一度やろうじゃないの」

「宮坂も多血質だったんだ」

「友部ほどじゃないけどな」

真顔でやり合ったあとで、二人は十秒ほど笑いころげた。

友部がぐっと顎を引いた。

「分別臭いと嗤われるかもしれないが、事業管財人と会うことは難しいと思う。ガードされてるし、安太郎のときみたいにはいかんだろうな。だいたい、岡本氏の邸宅がどこにあるか知ってるのか」

「ウィルソンＭＤに訊けば、分かるんじゃないのか」

「それを知り得たとしても、門前払いだろう。それどころか家宅侵入罪で訴えられかねないぞ」

友部がペットボトルを紙コップに傾けて、ミネラルウォーターをひと口飲んだ。

「基本的なスタンスはまだ話してないが、Ｍ案件で、川邉氏なり岡本氏がマメゾンとの間で、アンダー・ザ・テーブルがあったかどうかエビデンスはない。もし、それが未公開株だとしたら、ただの紙屑に終る可能性のほうが高いと思う。写真誌なり、週刊誌にリークする手もあるんじゃないのか」

「なるほど。一発くらわして、溜飲を下げることはできるわけだ」

「マメゾンが店頭公開できなくなるための方法論の一つではあると思う。しかし、まともな会社じゃないことは、はっきりしている。カネに目が眩《くら》んだ政治家どもには、まだ見えないだけのことだよ。ほっといても、底が割れるだろう。それも時間の問題かもしれない」

「淡野景子なんていう莫迦女優が国土交通省の大臣っていうのも、ふざけた話だよな」

「莫迦じゃないだろう。仮にも一国の国務大臣にまでなった人なんだから。ただし、マメゾンの広告塔は困ったものだな。世間知らずっていうか、政治家の堕落、驕《おご》りのサンプルみたいなものだろう。論外、問題外の外《そと》だ」

宮坂がミネラルウォーターを飲むために、せわしなく椅子を動かした。

「それにしても、M案件はひでえ話だよな。わたしは、政治家だけじゃなく、弁護士先生も、岡本も、みんな腐り切ってるような気がしてならないよ。安太郎のことをとやかく言えた義理じゃないよなぁ」

「きみより多血質な僕が、これ以上言いたてるのはもうやめよう、矛を収めようと思ってるんだ。宮坂もそうカッカするなって。ふる臭い言い方だが、天網恢々《てんもうかいかい》、疎《そ》にして漏らさずっていうことになると思うんだ」

「M案件もこれで終りなのか。つまんない結末になったもんだな」

まるで駄々っ子だ。中西のほうが遥かに大人だ。だが、宮坂なりの思惑があるのかもしれない。安太郎や松永に仕えた秘書課長にしては、過激であり過ぎる。それは、百も承知のうえで、ただ面白がってるだけのことと取るのが当たっている。いや、分からない。友部は、宮坂の肚の中を覗いてみたい気もしていた。

M案件が安太郎に繋《つな》がってる可能性も否定し切れない。名門の東都生命を破綻に追い込んだ元凶なのだ。

だが、安太郎にミヤコスポーツセンターを分割するパワーはなかった。外資の仕業に決まっている——。友部の胸中は千々《ちぢ》に乱れに乱れた。

2

四日後、三月十一日、日曜日の遅い朝食時に友部は、明日香に打ち明けた。

「こんどこそ会社を辞めるからな、というより辞めざるを得ないっていうことだ……」

経緯《いきさつ》を聞いて、明日香はにっこりと微笑んだ。

「よくやったと褒めてあげる。でも、まさか家政夫をしようなんて思ってるわけじゃないんでしょ」

「もちろん。一、二ヵ月の休養は取らせてもらうけど」

「当てはあるの」

「莫迦にするなよ。オリエンタル・エグゼクティブ・サーチという人材斡旋《あっせん》会社からオファーがあった。MBA取得者のほとんどがリストアップされてるみたいだな」

「それだけでリストアップされるかなぁ。仕事ができないと」

「じゃあ、僕は仕事ができるのかもな」

「自信たっぷりなんだ。外資系なんじゃないの」

「うん。外資系でも生保だったら断るよ。外資の仕事のきつさは、東都生命の事業管財人団、つまりAICの連中の仕事ぶりを見てれば分かるが、僕はタフだから勤まるんじゃないかな」

「仕事のきつさは外資系に限らないと思う。上智から銀行に就職した人の話を聞いたことがあるけど、朝七時に家を出て、八時から十時まで働かされるんだって。時給にしたら、製造業のほうが圧倒的に高いはずだとか嘆いてたわ」

メディアの時給は、もっと高いはずだ。特にテレビ局と一部大手紙、そして大手出版社の高給ぶりは、つとにしられていたが、明日香の機嫌をそこねかねないので、友部は黙った。生保もキャリアの給与水準は高かった。

明日香が現実的なことを口にした。

「解雇だと、退職金を貰えないわけね」

「どうかな。管財人室長として、それなりに働いたから、自己都合退職金の七五パーセントぐらいは貰えるんじゃないかな。東都は保険金支払いのほうを優先しようとしてるから、従業員には厳しいんだ」

「それならいいけど、ほんとうに貰えるのか心配だなぁ。倒産処理の弁護士って、全権限を握ってるわけでしょ。企業の社長以上の権力者だって聞いたことがある。おまえはクビだって言われたらクビなんじゃないかなぁ」

「あり得るかもな。そのときは、報復措置を考えるよ」

週刊誌などへのリークは東都生命で禄《ろく》を食《は》んだ者として、あってはならないのだろうか。

友部は、マメゾンのことまで明日香に明かしてなかった。これこそがカードだ。切るかどうかは、管財人団の出方いかんである。

朝食後、友部は中西のケータイを呼び出した。

「ランチをどうだろうか」

「きょうですか」

「もちろん。デートだったら、遠慮するけど」

「とんでもない。どこへ出向いたら、よろしいのですか。どこでも結構です」

「どこにしようか。新宿でどうだろう」

「承りました。時間と場所をおっしゃってください」

友部は時計を見た。

「いま十時半かぁ……。一時三十分にしてもらっていいか」

「はい」

「JR新宿駅に着いたらケータイを鳴らすが、芙蓉生命の本社ビル前でどうだろうか」

「いいですねぇ」

中西は嬉しそうな声を返してきた。

「じゃあ、あとで」

「はい」

友部のケータイを聞いてた明日香がふくれっ面でつっかかってきた。

「あなた、太と遊んであげてよ。せっかく休みが取れたんだから。たまには父親の責任を果たしたらどうなの」

「ごめんなさい」

友部は明日香に向かって、拝むように手を合せた。

「会社を辞めたら、挽回する。中西っていう部下には辞表を出す前に、きちっと話しておきたいんだ。会社では話せないことだしなぁ。チームの中でいちばん頼りになる男だった。まだ二十七歳でシングルだが、あれだけの男だから恋人はいると思うけど。いまどきあんなにタフで優しい男はいない。バブルによって、いちばん傷んだのは人の心、気持ちだろう。自分のことしか考えない若者が増えた。若者だけじゃない。大人、わけても政治家の腐り方はひどいもんだ」

「あなた、わたしにお説教するつもり」

「違う。いま、ふとレイモンド・チャンドラーが小説『プレイバック』で、主人公の私立探偵フィリップ・マーロウに語らせた言葉を思い出したんだ」

「ハード・ボイルドね。その小説なら読んだわ。If I wasn't hard, I wouldn't be alive. If I couldn't ever be gentle, I wouldn't deserve to be alive.」

「そのせりふは僕も覚えているよ。『男は強くなければ生きてゆけない。優しくなければ生きてゆく資格がない』と和訳されてるが、中西はそういう男だ。年齢的にあり得ないが、僕に娘がいたら、嫁にもらって欲しいような素晴らしい男で、僕に管財人団に立ち向かわせた道筋をつくってくれたのも、中西なんだ。きみが厭がってた生保を卒業できるのも、かれのお陰だと考えたら、分かってもらえるかねぇ」

「分かった分かった。IQはそれなりに高いと思うけど、わたしの同僚にずっと歳下だけど変なのがいるの。わたしと机を並べてるんだけど、わたしがペットボトルをその男のデスクに間違っておいたことがあるの。そしたら、パソコンで『二度とこのようなことをしないで下さい』とメールしてきたのには、呆れるやら腹が立つやら……」

「きみもメールでやり返したのか」

「まさか。いつから口がきけなくなったのって、言ってやった。そしたらジロッと睨み返してきた。人事はなんでこんなひどいのを採用したんだろう。わたしも採用には関与してるけど絵垣っていうその男を面接した覚えはないから、面接の時は猫被ってて、面接した人たちはすっかり騙されたわけよね」

「仕事ぶりはどうなの」

「レベル以下ね。ペーパー・テストはやたらよかったみたいだけど」

「年齢は？」

「二十七か八かな」

「じゃあ、中西と同じじゃないか。雲泥の差、天と地だな」

「そう思う」

「会社にロイヤリティを尽くせるのは、われわれの年代までかねぇ」

「我が身を顧みたら分かるんじゃないの。団塊の世代まででしょう」

「そんなことはない。東都生命が破綻してなかったら、せめてボードに入ろうと頑張ったんじゃないかな」

「そうかなぁ。ただ日本企業のヒエラルキーな世界に馴染めない、あるいは融け込めない若者が増えたことは確かね」

「生保業界や証券業界が外資に席捲されてしまうことも考えられるな。ま、大日生命、第三生命などは二、三十年は保つと思うが。僕が入社した頃は、企業は永遠のものなんて言われてた。東都生命も然りだと思ったが、創業は一九〇四年だから、百年保たなかったことになるものなぁ」

明日香は、すっかり機嫌を直していた。たまには夫婦の対話も必要だと、友部は身に沁みる思いで心があたたまった。

3

芙蓉生命ビルの前で、友部と中西が会ったのは一時二十分だった。二人ともスポーツシャツにジャケット姿だった。

二人は近くのイタリアン・レストランに入った。

店内はさほど混んでなかった。

若いウェイトレスに四人用のテーブルへ案内された。

「生ビールでも飲もうか。素面《しらふ》だと話しにくいしな」

友部は冗談っぽく言ったつもりだが、中西はかしこまった。

「僕はシーフードのパスタにする。きみは？」

「ミックスピザをいただきます」

オーダーしたあとで、友部が上体を少し中西のほうへ寄せた。

「ケータイで、待ち合わせ場所を決めたとき『いいですねぇ』って嬉しそうに言ったが、どうしてなんだ」

「芙蓉生命の取締役広報部長の住田節《たかし》さんに親切にいろいろ教えていただいたことを思い出したんです。広報に二年ほどいましたので」

「ふうーん。生保業界では有名人だよな。お目にかかったことはないけど、住田さんの人脈は半端じゃないとか聞いたことがあるよ」

中西の笑顔は、生ビールで乾杯するまでだった。

日曜日に呼び出されたのだから、緊張して当然だろう。

「心配するなって。たいした話でもないんだ。だが、中西には、事前に話さない手はないよな」

「室長は、管財人団と切り結んだのですか」

「ま、そうなるな」

友部は、中西には詳しく話した。

中西はうつむいた姿勢で、じっと聞き入った。

「そんなわけだ。管財人団としても立つ瀬がないだろう。僕は解雇されて当然だと思うので、あす辞表を出すことに決めた。中西はずいぶん僕を買ってくれてるが、天下の東都生命には目の前の人を含めて人材は山ほどいる。管理職の、ミドルの中に、一人ぐらい反抗的な者がいたって、おかしくないと思うんだ。反乱とも言えるかねぇ。占領軍のＡＩＣに歯向かった莫迦が一人だけいたと思ってもらってもいい」

「わたしは覚悟してました。友部室長は降りるような人ではないと思っていたからです。わたしのような若造が意見がましいことを申しまして反省しています」

「中西は、ほんとうに大人だねぇ」

「正直ベースの話をしますと、室長から特命で、マメゾンの調査を命じられて、いろいろ妙なことが判明したとき、握り潰すことも考えました。いや、いまにして思うとっていうことでしょうか」

「中西の言わんとしてることは察しがつくけど、だとしたらわたしは自分で調査してたと思うよ。ヒントをくれたのは商社マンだし、僕にもいろんな情報源はあるからな」

「失礼しました。おっしゃるとおりです。わたしは、友部室長の行動力に勇気づけられたと思うことにします。いや、勇気づけられました。多くの若い東都マンが、そう思うんじゃないでしょうか」

中西はうっすらと涙を浮かべた。

「中西ほどの男に、過分なお褒めの言葉をもらって嬉しいよ。ありがとう」

友部が手を差し出すと、中西は握手に応じた。

「友部大先輩には、これからもご指導、ご教示を賜りたいと願っています」

「当然だろう。こっちからお願いしたいくらいだ。中西には大きな借りを作ったことでもあるしな」

「貸し借りがあるとすれば、わたしの借りのほうが大きいですよ。この数ヵ月、どれほど鍛えていただいたか分かりません」

パスタとピザがテーブルに並んだが、二人ともフォークを取ろうとしなかった。友部にも、修羅場に強い中西の急成長ぶりは、たのもしく思えた。

「なにがあろうと中西とは友達づき合いをしような」

「くれぐれもよろしくお願いします」

中西が低頭した。

友部も頭を下げた。

「こちらこそよろしく」

「マメゾンのことは、遠からず皆んなに伝わるんじゃないでしょうか。多くの人たちが赤っ恥をかくことになると思います」

「さあ、どうかなぁ。ＡＩＣは圧倒的な広報力、広告力でメディアを抑え込む可能性のほうが強いかもしれないぞ」

友部がフォークとスプーンを手にした。

首をかしげながら、中西もフォークとナイフを握り締めるように掴んだ。

友部がスプーンとフォークを皿に置いた。

「中西だから話すんだけど、辞める動機づけはＭ案件だけじゃないんだ。四百人もの管理職の人たちが退職を強いられた。四十六歳以上は退職が事業管財人団の要求だった。せめて四十八歳にしてもらえないかと管財人に話したが、受け入れてもらえるはずがないよな。人事部からプレッシャーをかけられてたから、それなりに頑張ったつもりだが……。働き盛りの人たちを守れなかった管財人団は敗北したといわれて、弁解できるのだろうか」

「友部室長が大野先生とやり合ったことは、みんな知ってますよ。管財人団は人事の問題で、ＡＩＣの言いなりでしたね」

「四百人の人たちのことを考えたら、管財人室長として、ＡＩＣに残れるはずがない」

中西もフォークとナイフを投げ出して、腕組みして、ぎゅっと目を瞑《つむ》った。

十一日の夜、友部は宮坂の自宅に電話をかけた。三回の呼び出し音で、宮坂が電話に出た。

「基本的なスタンスをいまから話す。あす、管財人の大野先生に辞表を出すことにした。いろいろ考えたんだが、あれだけ盾つかれたら、管財人の立場はないだろう。解雇される前に辞めることにした。明日香は喜んでるよ。しばらく家政夫になって、ゆっくりさせてもらうことにした」

「友部、四日前の話と全然違うじゃないか。気は確かか」

「あのときはまだ迷ってたし、大野先生を庇ったが、やっぱり不信感を払拭し切れない。もう疲れたよ」

「M案件はどうするんだ」

「マメゾンを告発したら、命が危ない。まともな会社じゃないものな」

「写真誌か週刊誌にリークするとか話してなかったか」

「それは考えてもいい。ただ、営業現場は相当傷んでたからなぁ。デフレ不況の逆ザヤで、そうせざるを得なかった面もあるが、満期になった保険の保険金を請求がないのをいいことに払わなかったり、セールス・レディや支部長の〝自爆契約〟を黙認したり。断トツの大日生命ほどひどくはないが、東都も悪さをしてた。それを思うと、マメゾンをやっつける資格があるのかどうか悩むところだな」

「おまえ心身症になったんじゃないのか」

「そうかもしれない」

「わたしに免じて、リタイアだけは考え直してくれないか」

「それはあり得ない。じゃあ」

友部は電話を切った。留守ボタンを押し、ケータイも電源を切ったが、宮坂から留守電にメッセージは入らなかった。

4

翌朝、友部は宮坂と話している最中の午前九時に藤井から呼び出された。管財人団と管財人室は三階の同じフロアなので管財人団の応接室まで一分もかからなかった。藤井はスーツ姿で、うす気味悪いほど、にこやかに友部を迎えた。

「先日は失礼しました」

「とんでもないことです。わたしこそ先生方に大変失礼いたしました。無礼の数々どうかお許しください」

友部はこれ以上は無理なほど下手に出た。

ほどなくノックの音が聞こえ、管財人団の女性秘書が紅茶を運んできた。〝ダージリン〟かもしれないと、友部は一瞬思ったが、ミルクを添えた紅茶だった。

「きのう、岡本事業管財人を交えて、大野先生の法律事務所で鳩首擬議《きゅうしゅぎぎ》をしたんですけど、岡本さんはまったく身に覚えがない、濡れ衣にもほどがある、と激怒してました。川邉先生も、マメゾンは善意の売却先で、ほかに買い手もない状況下で選択肢はそれしかなかったと強調してました」

あり得ない。嘘だ。路線価の三分の一の言い訳になってないし、オークション、競売もなかった。「マメゾンが善意の売却先」は呆れ果ててものも言えない——。

だが、友部は小さくうなずいた。

「承りました。もう結構です」

「そうおっしゃらずに、ミルクティぐらい飲んでください」

「いただきます」

友部は、ミルクを入れずにティカップを口に運んだ。

藤井がミルクをティカップに落とした。

「大野先生は、難交渉でＡＩＣの俠気《きょうき》に驚いたことを繰り返し話されましたが、それもこれも岡本事業管財人あってのことだと思います」

「きょうきって、男気《おとこぎ》の俠気ですか」

「おっしゃるとおりです」

したたかな外資に男気があるとはかんがえにくい。それも嘘に決まってる。

「俠気ですか。外資系企業のビヘイビアを見る限り、疑問符が付きますが」

ひと言多いと思いながらも、この程度は許されるだろうと友部は思った。

「岡本さんは日本人ですし、ＡＩＣの利益代表ではありません。ＡＩＣの副社長を辞任して、事業管財人になられたのですから、いわばニュートラルなお立場です」

辞任は法律面の問題で、一時的なことだが、さすがの友部も、口をつぐんだ。

「友部さんが岡本さんを疑ってるとしたら大間違いです。かれほどフェアな人はいません。わたしたちは岡本さんを尊敬しています」

尊敬するのは結構だが、岡本は間違いなくＡＩＣの利益代表である。ミヤコスポーツセンターを分割した知恵を出した張本人かもしれなかった。

「曾根田元総理や淡野国交相、石野代議士のことを友部さんはあしざまに言ってましたが、みなさん国益を第一義的に考えてる立派な政治家ですよ」

私益の間違いじゃないか、と友部は言いたかったが、黙っていた。

「いずれにしても、M案件には『触れることを禁じます』という管財人命令に従っていただけませんか」

友部は背広の内ポケットに忍ばせてある〝辞表〟とボールペンで書いた白い封筒をセンターテーブルに置いた。

「管財人に解雇されても仕方がないと思いますが、依願退職扱いにしていただければ、有難く思います。管財人室の仕事もほぼ終りましたので、ご理解賜りたいと存じます」

藤井が顔色を変えた。だが、取り繕うのも早かった。

つくっているので、目は笑ってなかった。

「大野先生は、友部さんの性格をよくご存じなので、必ず辞表を出すだろうと想定してましたよ。しかし、受理してはならないとおっしゃってました。友部さんが新生の東都にとって、必要な逸材だからです。事業管財人の岡本さんも、同じ意見でした。お二人の管財人は、感情論を排除できるほどの人格者であることをお分かりいただけませんか」

「わたしごときを管財人室長に指名していただき、感謝しております。微力を尽くしたつもりですが、M案件については釈然としておりませんので、わたしが慰留されるのはいかがなものでしょうか。ただし、今後M案件について言いたてるつもりはありません」

藤井はゆっくりとミルクティを飲んでから、友部に訊いた。

「再就職先は決まったのですか。友部さんはＭＢＡの資格をおもちのようですねぇ」

「転職先は決まってません。二、三ヵ月は休養します。この数ヵ月は、入社後十九年間で、最も働かされました。僭越ながらＭＢＡの資格を取得させていただいたお返しはしたと認識しております」

「もちろんです。お釣りがくると思いますよ。ウィルソンＭＤにハーバードをひけらかしたい気持ちも理解できますよ」

ひけらかしたつもりはない。ウィルソンと面会するための方便として、ハーバードを出したまでのことだ。

管財人団はウィルソンと接触したに相違ないと、友部は思った。それを藤井がすぐに裏書きした。

「ウィルソンＭＤが、新生・東都がお厭ならＡＩＣジャパンが役員で迎えたいと話されてました。午前中は在席しているそうです。とりあえず……」

藤井は〝辞表〟を友部のほうへ押し遣った。

「これは、お返ししましょう」

「それはできません。これをポケットに戻しましたら、男がすたります。愚妻との約束を反故《ほご》にしたら、家に帰れません。わたしより高給取りなので、急いで再就職先を決める必要もありません」

ひと言も二言も多いと思ったが、友部は止まらなかった。

「ウィルソンＭＤとの面会はどうされますか」

「お目にかからせていただきます」

「そのあとで、もう一度お会いしましょう」

「恐縮です」

友部は先に応接室から退出した。

秘書のブロンドにウィンクされた友部は、笑顔で、「サンキュウ・ベリー・マッチ」と返した。

ウィルソンに軽いハグで迎えられたのは、意外だった。

「ファースト・ネームで呼び合うことにしよう。ヨウヘイ、カークと呼んでください。わたしは、ヨウヘイと何度も会ってるような気がしてなりません。保険以外のことはオカモトサンにまかせてます。かれは有能な人です。なんら心配していません。新しいＡＩＣ系の会社で役員に就くのがノーなら、ＡＩＣジャパンはどうですか。それもノーなら、ＡＩＣの本社に来ませんか」

「光栄至極ですが、考える時間をお与えください。ご好意に感謝します」

「オカモトサンを誤解しないようにお願いします。オカモトサンと三人でディナーをどうですか」

「ありがとうございます」

ウィルソンが秘書を呼ぼうとしたので、友部はあわてた。

「日程調整をしたいのです」

「まだ気持ちの整理がついておりません。しばらく、ご猶予いただけませんでしょうか。きょうは、ご挨拶に参上しました」

「ヨウヘイ、ＡＩＣを辞めないでください。お願いします。再会できることを楽しみに待ってます」

退出するときも、友部はハグされた。

友部はブロンドの秘書からエレベーターの前で、メモを手渡された。並外れたウィンクの大きさに、友部はたじたじとなった。

メモに名前とケータイの番号が書いてあった。エリザベス・ステッド。

エリザベス・テーラーとは比ぶべくもないにしても、相当なグラマーだ。年齢は三十歳前後だろうか。身長は友部より二、三センチ高かった。

ゆきがけの駄賃でもないが、エリザベスのほうからアプローチしてきたのだから、据え膳食わぬ手はない――。待てよ。岡本とグルで、罠とは考えられないだろうか。ま、考え過ぎだろう。からかわれているだけと取るのが当たっているかもな。

それこそディナーに誘って、様子を見る手はある。ただし、辞表が受理されてからの話だ。

友部は六階から三階までのエレベーターの中で、ひとりにやついていた。ここのところ品行方正であり過ぎた。

友部はふたたび藤井と面会し、ＡＩＣグループに留まるつもりのないことを明言した。

友部が管財人室の自席で、宮坂と込み入った話を始めたのは昼食時間で、メンバーが出払ったときだ。

「辞表は出したよ。撤回するつもりはないからな」

「Ｍ案件はどうなるんだ」

「何度も話してると思うが、打つ手はない。ミヤコスポーツセンターは、マメゾンに売却されてしまったのだ。だが、株の店頭公開が実現するかどうかは、きわめて疑問だし、マメゾンは近日中に馬脚を現すだろう」

「週刊誌などへのリークはどうするんだ」

「もう少し様子をみよう」

「管財人室の十名は同じ釜の飯を食った仲だ。リーダーの友部だけが離脱して、心に咎めるものはないのか」

「ゼロではないが、限りなくゼロに近いな。考えてもみてほしい。僕は管財人室長になってくれと頼まれたとき、辞退した。史上初の会社更生特例法の適用を申請した直後に、会社を辞めるつもりだったからだ」

「MSCの行方を見届けると言わなかったか」

「もし言ったとしたら、室長を受けた時点だと思うけど」

「いや、その前だろう」

「どっちみち、辞める覚悟はしてたよ。それに、M案件、すなわちミヤコスポーツセンターの行方は見届けたことになるんじゃないかな」

「そうは思えないが」

「いずれにしてもマメゾンの正体はほどなく暴露されると思うよ。まず十月の店頭公開はあり得ないと断言する」

友部は言い切ったが、そこまで自信があったわけではなかった。国交省のバックアップが相応のパワーを発揮する可能性はゼロとは思えない。

「バブルが弾けて、一番始末が悪いのは、地下に潜《もぐ》っていたはずの反社会的勢力が表に出てきたことだ。フロント企業とか企業舎弟と称するが、中には政治家ともつるんでるのもいる。マメゾンはそのティピカルなケースかもしれないな」

「話は飛ぶが、いつ辞表は受理されるのかなぁ」

「大野先生がどう判断するかだが、解雇もあり得るな」

「ない。断言するよ。友部は社則、従業員規程に違反したことはないものな」

「宮坂はどうするんだ」

「外資系になっても、辞められない。友部みたいなパワーはないからな。友部のお陰で、管財人室の次席になれたので、多少の仕事はさせてもらったことでもあるし、ＡＩＣもクビにはしないだろう」

「気の毒なのは四十六歳以上の人たちだよ。ドライな外資は、かれらを見殺しにした。安太郎の罪は大きいと思う。部長たちの気持ちを思うと、辛いやら切ないやら」

「安太郎の暴走を許した専・常務クラスは自業自得だが、四十五歳で線引きされるとは思いもよらなかったたな」

「意見を言ったら即クビだから、仕方がないんじゃないのか。宮坂は、安太郎のブレーンでもあった。若気の至りをやらかす気はなかったのか」

宮坂は頬をふくらませた。

「秘書課長なんて、小使さんみたいなものだよ。安太郎には、専・常務が束になっても、敵わなかったろうな」

午後一時を過ぎた頃、友部は大野に呼ばれた。

大野は笑顔で切り出した。

「藤井先生から、話を聞きました。友部さんの固い意志が変らないことも分かりましたので、残念無念ですが辞表を受理します。退職金は自己都合退職扱いで規程の、しかも七五パーセントしか差し上げられないのが辛いところです。友部さんには、特別ボーナスを支給したいくらいですが、裁判所の許可が得られるとは考えられません」

「とんでもないことです。退職金をいただけるだけでも、有難いです」

「しつこいようですが、一つだけ念を押させてください。AICの本社へ留学するつもりで行くのもノーですか」

「お言葉だけいただいておきます」

「ウィルソンMDがさぞや落胆することでしょう」

「日時はどういうことになるのでしょうか」

「それを忘れてました。三月二十日付でどうですか」

「承りました。ありがとうございます」

友部は起立して、深々と頭を下げ、握手して、大野と別れた。

大野がウィルソンと接触したことが汲みとれ、ウィルソンの熱意に友部は感謝の気持ちで一杯になった。

しかし、岡本たちに対するチェック機能が働かなかったのは、残念無念としか言いようがない。

第十一章　環境破壊

1

二〇〇一（平成十三）年四月十二日、突然株式会社ミヤコスポーツセンターは、三ヵ月後にスポーツクラブを閉鎖すると発表した。

ミヤコスポーツセンターは会員を整理するだけが目的の会社に変貌したのである。社長、支配人などのメンバーは一新され、社長にはマメゾンの役員が就任した。

会員の種類は正会員、テニス正会員、平日会員などがあり預託金が異なった。また、発足当初から二〇〇〇年末までの間に、土地の値上がりに伴って、預託金も増額されていた。つい半年前に多額の入会金を支払わされた会員は、詐欺に遭ったも同然だった。

四月七日土曜日の朝、友部は中西からこの旨を電話で聞かされたが、その夜、エリザベスと会食することになっていたので、中西の電話は、明日香の手前、ありがたかった。

「今夜、中西と会うことになったから、ちょっと遅くなるかもな」

「スポーツクラブのことになるとすぐムキになるのねぇ。あなたは東都生命を卒業したんでしょ。もう関係ないんじゃないの」

「そうは言っても、あれだけのスポーツクラブがクローズになって、ケヤキや桜の大木などが切り倒されてしまうのは社会問題だからねぇ。会員には叔母もいる。できることなら、クローズを阻止したいよ。ま、不可能とは思うけど、ただの傍観者ではいられないな」

「ご勝手に」

明日香は言葉とは裏腹に、顔は尖ってなかった。

エリザベスとは、昨夜ケータイでディナーの約束をした。天ぷらを所望されたので、御茶ノ水の山の上ホテルの天ぷら店の椅子席をブッキングした。

自宅マンションに近いのが気にならないでもなかったが、心配するには及ばない。

明日香は昼過ぎに、太と泊まりがけで横浜の実家に出かけたからだ。

友部がジャケット姿で山の上ホテルのロビーに着いたのは五時五十分だが、スーツ姿のエリザベスはすでに来ていて、駆け寄ってきた。

「ハウ・アー・ユー」

「グッド・イブニング」

天ぷら店はいつもながら盛況だった。

エリザベスがワインに目がないと聞いてたので、白ワインのフルボトルをオーダーし、ワインで乾杯した。

会話は英語だし、さしさわりのない話なので、友部は周囲は気にならなかった。

「カークがヨウヘイのリタイアを悔しがってました」

初対面ではないにしても、ファースト・ネームとは恐れ入った。

友部が「リズ、ベス、どっちがよろしいですか」と訊くと、エリザベスも笑顔で「リズと呼ばれてます」と応えた。

「リズ。いいですね。エリザベス・テーラーもリズだったと思いますが」

「イエース。サンキュウ・ベリー・マッチ」

エリザベスは、うれしそうに言って、大きなウィンクを送ってきた。二重瞼の目も立派だが、高い鼻も大きな口も、きれいな大粒の歯も男性の気持ちを魅《ひ》きつけてやまないだろう、と友部は思った。

「フォークをご用意しましょうか」

仲居に言われたが、友部が通訳するまでもなく、エリザベスは右手を左右に振った。

えびの天ぷらを箸であざやかにつまみあげたのを見て、友部は拍手をしたくなったくらいだ。

「リズはいつ来日したのですか」

「三年前です」

「ふうーん。カークとアメリカ本社から一緒に来たのではないのですか」

「ＡＩＣジャパンで採用されました。カークの秘書は一時的なものです」

「リズは優秀なセクレタリーなんですね」

エリザベスはにこっと微笑んだ。

「リズは、ミヤコスポーツセンターの件をご存じですか」

「イエース。ＡＩＣジャパンで、社長と副社長が話していたのを聞きました。わたしの推測もありますが、ヨウヘイの見方は間違ってないと思います」

「カークがミヤコスポーツセンターに無関心なのはどうしてなのでしょうか。本社の意向を汲んでのことなのか、個人的な考えなのか、リズはどう思いますか」

「おそらく両方でしょう。本社もカークも、もっと関心をもつべきだったと思います」

「管財人団の弁護士チームと、事業管財人団のスポンサーとの間に、取り引きがあったと思いますか」

「ご想像におまかせします。セクレタリーの立場をこれ以上逸脱するのは、フェアではないと思います」

友部は内心唸《うな》った。利発なヤンキー娘だ。世故に長《た》けているともいえる。年齢は分からないし、訊くわけにもいかないが。

「わたしは妻子持ちだが、リズはどうなのですか」

「シングルに決まってます。青春を謳歌してます」

ふたたびウィンクが出た。本気でモーションをかけてきたと解釈せざるを得ないと思い、友部は意を強くした。

ハーバード・ビジネス・スクール時代も、ブロンドと理《わり》ない仲になったことがないでもなかった。

「ディナーのあと、なにか予定がありますか」

「ありません。ヨウヘイのお好きなようになさってけっこうよ」

「わたしは、女性にもてるタイプではないのですが、リズはわたしのような者にどうして興味を持ったのですか」

リズは上体をぐっと寄せて、「ユー・アー・キュート」とささやいた。

「とりあえず、ホテルのバーで、ひと休みしましょうか」

友部は無理をしたわけではなかった。今夜は時間がたっぷりある。

リズの食欲は旺盛だった。かき揚げの小天丼も、きれいにたいらげた。ワインをボトル一本で抑制したのは、友部のほうだ。

赤ワインはラブホテルでと思ったままでだ。

湯島のラブホテルで、友部がエリザベスの息を呑むような裸体《ボディ》を堪能したのは、午後九時を過ぎた頃だ。

二十二年前に、明日香と睦み合ったラブホテルは七階建のビルになっていたが、ラブホテルであることに変りはなかった。機能はもっと向上していた。

豪華なバスルームといい、キングサイズの回転式ベッドといい、ふた昔前の比ではなかった。

エリザベスの凄まじいよがり声も、まったく気にならない。シティホテルではこうはいかないだろう。

二時間ほどの間に、友部は二度到達した。「ピルを飲んでるから、射精してもいい」とエリザベスがささやいたからだ。

エリザベスは「とてもいい気持ちです。数え切れません」と日本語で言った。

「リズは日本語が話せるのか」

「少しだけ。ボキャブラリーをもっと知りたいです」

「驚いたなぁ。レベル以上だ。どこで日本語を学んだの」

「アメリカの大学です。ハーバードじゃないですよ」

「リズには驚かされることが多いよ。ボーイフレンドは、たくさんいるんだろうな」

「いいえ。友部さんだけです」

「そういうジョークを言えるところが凄い。カークもボーイフレンドなんだろうね」

「…………」

「応えられないのか」

「カークは奥さんがいますから」

「僕もそうだが。岡本さんはどうなの」

「あの人は嫌いです。選ぶ権利があります。カークは友部さんがＡＩＣ本社に行くことを願ってました。わたしが本社勤務を希望すれば、望みどおりになったと思います」

「嬉しいことを言ってくれるね。ワイフは仕事を持ってるので、単身赴任になったかもな」

「友部夫人のことも知っています。ＡＩＣジャパンの人から聞きました」

「なるほど。お互いにケータイは分かってるわけだが、きみとは今夜一回だけってことは勿体ないよね」

「勿体ないです」

「ワイフにバレないように、デートするのは大変だが、月に一度ぐらいなら、なんとかなるかもな」

「なんとかしてください」

友部は三度目に挑戦した。

大昔、明日香が「お湯の匂いがする」とのたまわったことを友部が思い出したのは、午前零時を過ぎ、帰りのタクシーの中だった。

2

友部が沢木博江に電話をかけたのは、四月十五日、日曜日の夜だ。一九九〇年十月にミヤコスポーツセンターで会ってから、二度会っていた。

一度目は結婚祝いのお礼に、明日香と二人で沢木邸に挨拶に行ったのだ。

太が満一歳になった直後、日曜日の夕方、友部一家で沢木家を訪問したときは、眞平教授が太を丁寧に診察してくれた。見立ての結果、「少し多動気味だが、まったく問題はない。元気な良い子だね」と、言われた。明日香の喜びようといったらなかった。

それはそうだろう。国立大学の権威ある教授からお墨付きをもらったのだ。

もちろん博江も在宅していた。夕食もご馳走になった。結婚してから二度会ったことになるが、東都生命が破綻したあとも、博江は一度も電話をかけてこなかった。

挨拶のあとで、友部が言った。

「博江叔母さん、申し訳ありません」

「でも、ミヤコスポーツセンターは別会社だから問題ないって聞いてるけど」

「そうでもないんです。マメゾンという不動産会社に売却されてしまいました。会員の動きはどうでしょうか」

陽平は東都生命を退職したことを両親にも、叔母にも話してなかった。

「このクラブには弁護士もたくさんいるようだし、簡単には潰れないと思うけど」

「僕は悲観的に見てます」

「どうして？」

「マメゾンなる不動産屋さんがまともな会社じゃないからです。政治家も絡んでますし……。ただ会員が結束して、閉鎖に反対すれば道が開ける可能性はあると思います。そのためには近隣住民に協力してもらう必要があるんじゃないでしょうか。つまり反対運動を盛り上げることです。緑地公園でもあり、災害時の避難場所にも指定されてます。あれだけの緑地帯が破壊されてしまったら、地元住民の方々にとって大変迷惑です。日本一のスポーツクラブを破壊して、住宅にして、大儲けしようとマメゾンは企んでるようですが、反対運動を大規模化することが肝要だと思います。社会問題化すべき事件だと考えてください」

「親会社の東都生命は、どうなっちゃうの」

「ＡＩＣという大手のアメリカ系保険会社に買収されました。外資系生保になります」

「ミヤコスポーツセンターを守る会を発足させることを考えてる熱心な人たちがいるので、大船に乗ってるつもりなんだけど」

「リーダーの弁護士先生が倒産処理、会社更生法に精通してる方だとよろしいのですが」

「陽平君から電話があったことは、リーダーの人たちに話しておく」

「僕の名前は出さないでください。東都生命の関係者ぐらいのことで、いかがでしょうか」

「そうなんだ。きみはスパイでもあるんだ」

「スパイはひどいんじゃないですか。もう手遅れかもしれませんけど、ミヤコスポーツセンターを善意の第三者を装う、変な会社にぶっこわされたくないと、いまでも切実に願ってます」

ミヤコスポーツセンターの会則を読んで、友部は、住民パワーが炸裂しない限り、ミヤコスポーツセンターの存続はあり得ないと悲観的にならざるを得なかった。

会則二七条に「会社は著しい社会情勢の変化その他やむを得ない事由が発生したときなど、クラブを閉鎖し、すべての会員との契約を解除することができる。ただし、会員はその際、何らの異議申立をすることはできない」とあり、二八条、二九条は以下のとおり記されていた。

二八条=会社は前条の事由により本クラブを閉鎖する場合は、災害等やむを得ない場合の他は閉鎖日の三ヵ月前までに予告する。

二九条=クラブ閉鎖の場合、すべての会員は退会とする。退会に際して会社は預託金を返還する。以上の他に特別の補償は行わないことを会員は予め了承しておくものとする。

3

四月二十二日、日曜日の夜八時過ぎに友部は商社マンの山際に電話をかけた。

「先日はどうも。ミヤコスポーツセンターを退会したのか」

「もちろん。おまえと電話した直後に退会したよ。正解だったな。俺の友達でまだ退会してない奴が言ってたが、裁判で争うなんて莫迦なことを言ってるのが七百人もいるっていうから驚くよ。ムダなエネルギーを費やすだけのことだ。テニスをやりたいんなら、ほかにいくらでもクラブはあるのにな」

「存続の可能性がゼロとは言えんだろう」

「外資に牛耳られてる旧東都生命の友部が、よく言うぜ」

友部は説明が面倒なので、辞職したことは伏せた。

「管財人はわずか四ヵ月で更生したなんてうそぶいてるらしいが、スポンサーが決まってて、出来レースなんだから、あたりきの話だろう。多少のテクニックは使ったんだろうが、名門の東都生命を外資系生保にしただけのことだ。釈迦に説法とは思うが、おまえも外資に与したっていうわけだな」

この野郎！　言わせておけば、と思いながらも友部は反論できなかった。

「しかし、そんな僕が言うのもなんだけど、世界的にもあれだけ環境に恵まれたスポーツクラブはそうはないからねぇ。存続させたいっていう思いのほうが強いよ」

「そのとおりだが、相手が悪すぎる。政治家を味方につけたマメゾンに勝てるはずがない。世間の風潮も、高級スポーツクラブに対するやっかみがあるから、独断売却だっていくら会員が騒いでもマスコミは同情してくれないだろうな」

「マメゾンの店頭公開はどうなるのかねぇ」

「ごり押しするかもな。淡野とか石野とかが絡んでるらしいからな」

「まともな会社じゃないマメゾンが店頭公開できたら、事件だろう」

「不動産関係やIT関係などで、胡散臭いのが東京証券市場に店頭公開されたり、上場されたりしてるケースはけっこうあるんじゃないのか。バブル期のたった五年間で、日本全体がおかしなことになっちゃったんだよ。時代の変り目に乗じて、悪さしてる奴はゴマンといる。名門の東都生命が外資に乗っ取られたケースが、ティピカルな例だろう。日本一のスポーツクラブが融けて消えてしまうのも同列に論じられる事件だろうぜ」

「商社マンも悪さしてるグループに属してるんじゃないのかね」

せめて、このぐらいは言い返させてもらおうと友部は思った。

「多少のことはあるだろうが、フロント企業と一緒にしないでもらいたい。特に一流商社はな。情報収集力は数多の官庁より上だろう。ついでに教えてやるが、存続運動のリーダーが悪すぎるな。一人はパチンコ屋だが、かなりいい加減な奴で、裏表があり過ぎる。なにをやらかすか分かったもんじゃない。会員たちのアレルギーが心配だよ。もう一人の弁護士は、やたら鼻っ柱は強いが、倒産処理などに疎いときてる。俺がリーダーだったら、可能性は出てきたかもしれないが、そんな暇人でもないしな」

「そんなに自信があるんなら、ひと肌脱いであげたらどうなんだ。きみは、ミヤコスポーツセンターのスタート当初からの会員で、さんざんメリットを享受したんだろう」

「ま、俺がその気になっても、存続の確率は低いかもな」

「それなら偉そうに言いなさんな」

友部は冗談めかして笑いながらつづけた。

「確かに、山際の情報収集力には脱帽するよ。マメゾンの存在を早い時期に教えてくれたしな」

「そんなものはチョロイ」

「きみは、存続を願ってる会員たちを嘲笑してる口だな」

「どうあがいても勝てんよ」

「よく分かりました。しかし、存続に望みを懸けてる会員たちの気持ちを理解してあげないと」

「おまえが言うのも、なんだか変だな。忙しい連中がムダなエネルギーを取られるのを諌《いさ》めてやるのが友部の立場だろうぜ」

「そんなつもりはさらさらないよ」

「変な奴だな。俺には理解できない」

「悪かったな。じゃあ」

友部はむかっ腹で電話を切って、沢木博江に電話をかけた。

「こんばんは。陽平です」

「会社辞めたんだって。姉から家政夫してるって聞いたわよ」

「事実ですけど、ほんの二、三ヵ月のことですよ。お尋ねしたいことがあるんですが、いま、お食事中ですか」

「今、済んだところ。どうぞ」

「ミヤコスポーツセンターの会員はいまどうなってますか」

「東都生命が破綻したお陰で大騒ぎになってるよ。半分以上の会員が退会したようなの。わたしたちは、クローズのやり方が乱暴で、納得できないから、裁判で争うつもりよ。メンバーが七百人ほどいるんだけど。逆に陽平君の意見を聞かせてよ。今は会社を辞めて中立なんでしょ」

友部は、管財人室長時代から中立どころか、存続を願っていた。会員側に味方していたともいえる。しかし、この経緯は複雑過ぎて電話で話せることではなかった。

「はい。ただ、いろんな権力が複雑に絡んでますから、存続は難しいかもしれませんよ」

「マメゾンの環境破壊を簡単に許すわけにはいかないな。陽平君がなんと言おうと、マメゾンの住宅建設に反対し続けるからね」

「博江叔母さんらしくて、拍手喝采ですが、医学部の教授って、相当忙しいんじゃないんですか」

「土日は、そのぐらいの時間はあるわよ」

「よく分かりました。でも、あんまり無理をしないでください」

「陽平君も、ちゃんと話ができるようになったね」

「もう四十一歳、不惑も過ぎましたから。十年前に、挨拶ができるようになったと母におっしゃられたことも覚えてます」

「そんな失礼なこと言ったかなぁ」

「母から聞いてます。いまも、おっしゃいました」

博江ともっと話したい気もしたが、友部はあっさり電話を切った。

4

ミヤコスポーツセンターの存続運動は三ヵ月後に挫折した。

会員側が同センターの存続を求めて民事再生法の適用を東京地裁に申請したが、同地裁が棄却したからだ。

七月中旬に〝高級スポーツクラブ閉鎖の危機〟と全国紙が社会面で大きく報じた。

「保険契約者の負担を小さくするためには、なるべく土地を高く売る必要があった。会員の利益も充分考慮したつもりだ」

「親会社の破綻というとんでもない事態になったのだから、(閉鎖は)時代の流れとあきらめてもらうしかない」

全国紙に掲載された東都生命関係者と、マメゾン社長の談話である。

路線価の三分の一はどうなったのか。なぜ新聞は路線価を書かなかったのか、友部は不思議に思った。

マスメディアに過大な期待をもつこと自体ナンセンスなのかもしれない。検証能力うんぬん以前の問題と解するほかはなさそうだ。

写真誌は、「管財人が買ってくれというから買っただけ。このスキームは全て弁護士に任せてある」とマメゾン側の言い分を伝えながらも、淡野景子・国交相がマメゾンの広告塔になっていることも、写真入りで見せてくれた。格安の十五億円で営業権を手に入れたことも。マメゾンが、ひと頃の地上げ屋みたいな不動産屋であると、きちっと疑惑を読者に伝えた。

友部も溜飲を下げた。

七月下旬には、一万坪の敷地内が目隠しされ、桜や松などの大木があっという間に切り倒された。建築物の解体も素早かった。

「後学のために見学に行かないか」

「行こう」

友部と宮坂が東都生命の元運動場で日本一、いや世界一のスポーツクラブだった住宅建設用地を見に行ったのは七月二十九日だが、テニスコートなどはあとかたもない広大な更地を、呆然と見遣るだけだった。

「叔母から聞いてはいたが、このやり方はまともな企業じゃないな」

「マメゾンは住民の反対運動を恐れたんだろう。脱法行為、違法行為はなかったんだろうか」

「国交相などが肩入れしてるんだから、来年夏までに、屋上にテラスのある南欧風の低層集合住宅百七十戸が建設され、分譲されるんじゃないのか」


友部の予想は外れた。

店頭公開困難は、当たったが。

一万坪の更地が二分割され新興宗教団体とスーパーマーケットに転売されたのは、一年後のことだ。土地を転がして、マメゾンが取得した売却益の巨額さは、想像を絶する——。

エピローグ

投資銀行、銀行など外資系企業三社を渡り歩いたすえ、二〇〇八年九月末に、友部陽平は失業者になった。

妻の明日香は大手出版社の部長クラスに昇進した。

八月の某夜、友部は明日香に宣言した。

「外資系で高給をもらってたお陰で、マンションのローンも終ったし、預金も相当ある。太も高校生になったから、放っといても、なんとでもなるだろう。僕はヘトヘトに疲れたよ。人間性を喪失しかねない外資系で、いくら高給もらっても間尺に合わない。九月末で会社を辞めることにしたからな」

「賛成。だけど辞めてどうするの」

「どうするか考えるのに、一年ぐらいかけてもいいだろう。新しいビジネスモデルを立ち上げたいと思ってるが、それがなんなのか、まったく分からない」

「雲をつかむような話なんだ」

「まあな」

「お好きなように。わたしは定年まで働くから、あなたと太の面倒ぐらいみてあげられるけど」

「それはないいな。僕が面倒をみてやるから、きみが出版社を辞めろって言いたいくらいだ。僕にも意地っていうものがあるよ」

ふとブロンドの顔が目に浮かんだ。三度デートしたが、そのことの負い目を感じたせいかもしれない。

エリザベスは、とうに帰国し、アメリカ人と結婚した。

友部は内心赤面しながら、ぶっきらぼうに言った。

「とにかく九月末で会社を辞めるとだけ伝えておく」

「あとは野となれ山となれでもいっこうに構わないわ。これで気が楽になったでしょ」

「最初から気は楽だよ。きみに借りがあるわけじゃないからな」

「わたしにディスクローズしてないことも、相当あるんじゃないの」

「ない」

友部は、平然と言ってのけたつもりだが、バツが悪くなって、ソファからトイレに立った。

友部が中西茂に会ったのは九月二十三日の夕方だ。中西とは、旧東都生命退職後も変らぬつき合いが続いていた。宮坂雄造とは疎遠で、音沙汰なしだった。

ＡＩＣグループの旧東都生命の生き残りには違いないが、大阪支社に転勤になったことと無関係とは思えなかった。中西は法人部門の部長で、宮坂と地位が逆転していた。

帝国ホテルのラウンジで、約束の五時より十分遅刻した中西が「申し訳ありません」と頭を下げながら、椅子に腰をおろした。

中西はスーツ姿だった。

「祝日なのに仕事の帰りなんだな。急に呼び出して、ごめんな」

「とんでもない。友部さんとお話しするのは、いつも楽しいですから」

「八月後半は集中豪雨に悩まされた。きのうは涼しかったが、きょうは暑いな」

ウェイターが友部たちの前にやってきた。

友部は生ビールを飲んでいた。

「わたしも同じものをお願いします」

「僕にも、もう一杯」

ウェイターが去った。

「ＡＩＣグループはどうなるのかね。サブプライム住宅ローン問題で大揺れに揺れてるが」

「アメリカの財務省がローマン・スターズを救済しなかったことがすべてですよ」

ローマン・スターズはアメリカで五指に入る巨大投資銀行（証券会社）で、負債総額は七十兆円近いと伝えられていた。あっという間に破綻し、子会社の日本法人が民事再生法適用を申請したのは二〇〇八年九月十六日のことだ。

「ローマン・スターズ・ジャパンには、一年ほど在籍したことがあるが、上層部のモラル・ハザードは、アメリカも日本もひどいものだった。エグゼクティブ・サーチの口車に乗せられて、入社したのを後悔したのは、入社後十日経つか経たないかだった」

「一年もよく辛抱しましたねぇ」

「人材紹介会社が年収の三十五パーセントをもらえるのは、一年間在籍するのが条件なんだ。きみも外資系なんだから、そのぐらいわかるだろう」

中西が深刻な表情でうなずいた。

「武士の情けですね。友部さんのことですから、慰留されたと思いますが」

「もちろん。人事部長に一年もよく耐えられたと言い返したよ」

「それにしても、アメリカ発の世界同時不況はどうなるんでしょうか」

友部は腕組みして小首をかしげ、そして大きな吐息を洩らした。

「アメリカは長期間バブルを放置してきた。それどころか、ずっと膨らませっぱなしだった。FRB（米連邦準備制度理事会）がITバブルを住宅ローンに先送りした罪は大きいと思う。ローマン・スターズは突き放されたが、AICは国有化し、救済された。アメリカ型の資本主義、市場原理主義は行き詰まったとしか言いようがないね。いわば振り子の原理だろう。AICの国有化は、一時的にせよ社会主義を受け入れたということになるわけだから」

「しかし、財務省とFRBの決断は間違ってなかったと思います。AICに対する八百五十億ドル、約九兆円の緊急融資がなければ、大恐慌の引き金を引くことになるのですから。それと、アメリカ政府の判断のスピード感には学ぶべき点がありますよ」

「そのとおりだ。ただ、S新聞が十八日付の社説で〝危機の構造にメスを入れよ〟と書いていたが、アメリカ流の金融システムは、ビジネスモデルとして崩壊したんだろうな」

「そこまで言い切れますか。証券化は、資金を循環させるうえで、必要です。問題はサブプライム、低所得者層の住宅ローンの仕組みの問題です。犯罪の可能性も否定しきれません」

「うん。アメリカ発の金融危機で、日本経済も危険水域に入ったことは、認めざるを得んだろう。わが国が傾いたのは、アメリカ型資本主義、市場経済原理主義に追随した結果であることも認める。旗を振った人たちは、自殺したい心境だろう」

「…………」

「アメリカが七〇~八〇年代の不況期に、NASAを大幅に縮小した。宇宙どころではなかったわけだな。放出されたNASA崩れの数学者が、インベストメント・バンクに再就職して、レバレッジ（てこ）を含めた金融工学を開発したのかねぇ。ローマン・スターズに限らず、ダイヤモンド・ブラザーズにしても、投資銀行の金融工学について、全否定はできないとしても、危機の構造にメスを入れる必要はあると思う。FRBの前議長が百年に一度あるかないかの金融危機なぞと、ひとごとみたいに発言していたが、自分が蒔いた種じゃないか。反省の弁を語るのが先だろう。前FRB議長、中央銀行の総裁を神格化した日本の大新聞なり、市場原理主義者たちは立つ瀬がないだろうな」

「二〇〇九年は大変な年になりそうですね。大不況の到来は間違いないと思います」

「本題に入ろうか。実は外資を卒業した。正確には九月三十日付だが」

「外資を七年で卒業ですか。友部さんならまだまだやれると思いますけど」

「その気ならな。ローマンに限らず、転職のときはいつも慰留されてたよ。今回も強く慰留されたが、僕の気持ちは変わらなかった」

「提案力、渉外力、営業力、三拍子そろってなければ、外資で伸《の》していくのは難しいと思います。友部さんは伝説上の人ですよ。それと優しさでしょうか」

「飲みねぇ飲みねぇ、鮨食いねぇって言いたくなってきた。おだてられると弱いほうだからな」

「けっこう照れ屋っていうか、シャイなんですね」

「シャイなんて言われたのは、生まれて初めてだ。相当図々しいっていうか、厚かましく出来てるよ」

「そういうことをおっしゃること自体、シャイなんじゃないですか」

「………」

「ところで、四度目は日本のシンクタンクですか」

「違う。なにかニュービジネスモデルを考えたいな。一年ぐらい時間をかけて、じっくり取り組みたいと思ってるんだが、中西と一緒にどうかって……」

「ぜひお願いします」

中西の返事の早さといったらなかった。間髪を容れずにどころではない。

「まだ、星雲状態、雲をつかむような話だぜ」

「ＡＩＣには、わたしも疲れました。友部さんに相談したいと思ってたんです」

「中西なら、シンクタンクを紹介するのは簡単だけど」

「いや。友部さんとご一緒に仕事をしたほうがずっとロマンがありますよ」

「ＡＩＣは大変なんだろうな。広告費でセントラル自動車を抜いたとか聞いてるが」

「お恥ずかしい限りです。穴があったら入りたいですよ」

中西は低く低く頭を垂れた。

「大泉—竹井ラインの負の遺産の一つと言えるかもな。ＡＩＣに限らない。外資の跳梁跋扈《ちょうりょうばっこ》を許した張本人、仕掛人がほかにもいるとは思うけど……。まぁ、われわれの雲をつかむような門出の成功を祈って乾杯だな」

友部がグラスをぶつけた。

「いつぞやも話したと思うけど、イフの話は虚しいし、禁句だが、安太郎を恨みたくなるだろう」

「それもありますが、繰り言になりますけど、大泉—竹井ラインが我が国を壊し、傾けさせたことは間違いないと思うんです。違法行為をしながら口を拭っている人の気が知れませんよ。〝金融検察庁〟になってなければ、東亜銀行から東都生命は三千億円の融資を受けられたと思うんです」

「言えてるな」

「銀行に不良債権を処理させるために金利を引き下げたことによって、生保は大きなダメージを受けました。不良債権を金融村全体で負担してるとも言えますけど。金融村の疲弊ぶり、わけても日本の生保会社はたいへんなことになってます」

中西は興奮気味で、饒舌《じょうぜつ》だった。グラスはとっくに空っぽだ。

「まだ、生ビールでいいのか」

「恐れ入ります」

「中西はパートナーなんだから、そんなに恐れ入らないでくれないか」

「恐縮です」

「同じことじゃないか」

「どうも」

友部にも中西にも笑顔がもどった。

「マスメディアほど当てにならないものはありませんね。大泉━竹井ラインに与した市場原理主義者の経済部や政治部の記者さんたちは、いまどんな顔をしてるんでしょうか。二年ほど前でしょうか、閣僚評価で竹井平之助《へいのすけ》に満点の点数を付けてた新聞がありました。同じ新聞で統括検査官をコラムで褒めちぎった記者には、頭に血が昇りました」

「マスメディアに過大な期待をもつほうにも問題があるんだろうな」

「同感です。雑誌ジャーナリズムの健闘は称えていいと思います。いくら称えても、過ぎることはないんじゃないでしょうか」

中西の生ビールが運ばれてきた。

「友部さんのニュービジネスモデルへのアプローチほどではありませんが、ちょっとしたニュースがあります」

「…………」

「マメゾンが民事再生法の適用を申請する準備に入ってます。負債総額は五百億円ですかねぇ」

「ビッグニュースじゃないか。雲をつかむような話の比じゃないよ」

「失礼ながらわたしは想定内でした。銀行の貸し出しが厳しくなってますから、マメゾンみたいなのが今後続出すると思います。借金を踏み倒そうっていうことなんでしょうね」

「民事再生法は天下の悪法だな。借りたカネを踏み倒す。金融村が悲鳴をあげるわけだ」

中西がグラスを呷った。

「話があっちへ行ったり、こっちへ来たりで申し訳ありませんが、大日生命はいまだにセールス・レディの強化に躍起になっています。とっくに破綻したビジネスモデルだと思うんですが」

「大日生命といえども、滅びるかもしれないよ。トップも悪すぎる」

「リーダー不在もありますが、契約者獲得競争に明け暮れてきた構造上の問題がいちばん大きいんじゃないでしょうか。高利回りで契約した保険を低利の新保険に切り換えさせるために、顧客をだまくらかすっていうか、やらずぶったくりみたいなことまでやってきました。セールス・レディのお願いしますだけで、難局を乗り切れるとは思えません。大日などはスケール・メリットで、生き残っていますが、不払い問題を含めて、反省の無さも指弾されて当然です。ソニック生命が多少健闘しているのは、コンサルティングなどで、顧客に対してそれなりに付加価値をつけているからではないでしょうか」

「それと株式会社化を決め、東南アジアへの進出に積極的な第三生命の在り方には、見るべきものがあるな」

「おっしゃるとおりです」

「なんだかんだ言っても、中西も僕も生保に対するノスタルジーがある。互助会の精神を失ってはならないと思うんだ。生保が人の生活に必要不可欠な存在であることは、疑う余地がない。まず生保の業界が野垂れ死にせず、蘇生するために、どうしたらいいのか、なにをなすべきかを考えようや。そのためにも、まずコンサルタント会社を立ち上げるのも一案かなぁ」

中西が光を湛えた目で友部をとらえた。

「可及的速やかに〝ＡＩＣ〟を辞めます」

「うん。そう願おうか」

友部の顔も紅潮していた。


友部が失業者になってから、二度目に中西に会ったのは十月十六日の夜だ。

場所は中西が指定してきた。

「たまには、わたしに一席もたせてください。ただし、無茶苦茶にリーズナブルな居酒屋です。中国産は一切使ってなく、野菜は自給自足ですから新鮮で美味しいです。安心感抜群なことがなによりなんです」

時刻は午後六時。場所は〝語らい処「坐・和民」銀座土橋店〟だった。

「例のワタミが経営している店です。〝青年社長〟の渡邉美樹って聞いたことありませんか。テレビにも出てますよ」

「〝青年社長〟って小説だな。読んでないけど」

「わたしは低料金の割に料理が美味しいので何度か使ってます。友部さんのお口に合わないかも知れませんが、話のタネに一度ぐらいよろしいでしょう」

「分かった。土橋っていうと新橋に近い、首都高速道路の下あたりなのか」

「はい。ですから、すぐ分かると思います」

前夜、中西と電話でそんなやりとりをしたが、友部はいくらなんでも居酒屋はないだろうと思わぬでもなかった。しかし、想像していたより立派な店だった。

偶然、奥の個室が空いていて、友部が六時五分前に顔を出すと、中西は「いま、来たばかりです」と言って友部を迎えた。中西はスーツ姿、友部はノーネクタイでジャケット姿だ。

「ずいぶん大きなお店だねぇ。しかも盛況じゃないの」

「開店時間は午後五時ですが、いつも行列ができてますよ。まずは生ビールでよろしいですか。ジョッキを冷やしてますから、美味しさもひとしおです。料理はおまかせいただきます」

友部はジャケットを脱ぎながら、にこやかにうなずいた。

「それにしてもえらいことになってきたなぁ。AICは国有化されてしまったしな。アメリカとヨーロッパの金融危機は底無し沼だな」

「わたしは予感めいたものはありました。レバレッジを効かせたサブプライム住宅ローンがらみの金融商品を大量に保有していることも、全世界の金融機関にそれをばらまいてることも薄々承知してましたので」

「辞表は受理されたのか」

「はい。十月二十五日付で退職します。ニューヨークの親会社は、AICジャパン系三社を売却すると発表しましたから、買い手がどこになるか見ものですよ」

「AICジャパン系三社は相当利益を出していると思うが」

「優良企業です。人並みにあこぎな営業もやってますけどね」

生ビールが運ばれてきた。

二人はジョッキをぶつけて乾杯した。

「なるほど、ひと味違うな」

「料理の数々に、もっとびっくりしますよ。なんせ安いんです」

中西がジョッキをテーブルに戻した。

「他紙はチェックしてませんが、きょうのＹ新聞が夕刊で興味深い記事を載せてました。コピーしてきましたので、どうぞ。たしか二面だったと思います」

四段囲み記事で、〝ＦＲＢ議長　ローマン破綻反省の弁〟で、次のように書いていた。

「トゥー・ビッグ・トゥ・フェイル（大き過ぎてつぶせない）問題は、極めて深刻だった」――。米連邦準備制度理事会（ＦＲＢ）のバーナンキ議長は15日のニューヨークでの講演で、大手金融機関の経営破綻問題へ対処する難しさを強調した。

ＦＲＢは米大手証券ベア・スターンズや米保険最大手ＡＩＣは救済した。だが、米大手証券、ローマン・スターズは救済せずに破綻に追い込んだことが、世界的な金融不安を増幅させたとの批判が市場関係者に根強い。議長は、ローマン・スターズの破綻劇をふり返り、「だれもが大手金融機関がつぶれないと思えば、市場の規律は損なわれるが、破綻すれば、金融システムにとてつもない悪影響が及ぶ」と述べ、対応が必ずしも適切ではなかったことを事実上、認めた。

一方で、議長は「大手金融機関は過剰なリスクや、行き過ぎた（借金で自己資金の何倍もの資産に投資する）レバレッジ取引はできないことをはっきりさせる必要がある」と大手金融機関の経営姿勢を厳しく批判した。

友部がコピーを二つにたたんで、ズボンのポケットに仕舞った。

「竹井平之助・元経済財政担当大臣、元金融相の二枚舌を思い出すなぁ。竹井は『大きくてつぶせないということはない』と外国のメディアで発言したが、国会では発言してないとシラを切った。大泉―竹井路線で、この国はどれほど大きなダメージを受けたか計り知れないからなぁ」

「そういえば、きょうのN新聞が大きなスペースを割いて、竹井に寄稿させてましたねぇ。〝バランスシートは信用できない、これこそが市場の懸念材料だった〟と書いてましたが、竹井の言う市場とは東京証券市場を指すんでしょう。二〇〇三年当時の株式市場では、メガバンクといえども政府が潰す可能性があるという狂った政策に邁進した大泉―竹井路線への不信感から、日本株が売り浴びせられたんですよ」

「そうだった」

深くうなずいてから、友部がつづけた。

「ところが経営責任を問わないとする、りそう銀行への資本注入で株価は底を打ち、上昇に転じた。その後の景気回復は未曾有のドル買い介入による円安政策に後押しされた輸出部門の牽引が主因であることは、中西だって、僕だって分かるよな。デフレ不況下の不良債権処理なんてデタラメな政策を強行し、金融危機を招いておきながら、外需による景気回復を自らの手柄だと言い切る人の頭の構造はどうなってるんだろうか。覗けるものなら覗いてみたいよ」

「竹井は寄稿文の中で『先週一週間の株価の下落率が他の主要国に比べて大きかったことは、日本の政治的能力に対する不信が、米国以上に強いことを示唆する。改革を先送りし、景気対策の名の下に財政のばらまきでしのごうとしても、信認は決して回復しない』とも書いてます。こんなとんでもない人が日本経済を司っていたと思うと、情けなくて情けなくて……。いま、世界中の金融市場はパニック状態にあります。あらゆる投資家が深手を負い、自身をコントロールできなくなっています」

「そのとおりだ。ファンドというファンドが運用資産の手じまいを迫られている。相場の下落が新たな売りを誘発するような状況下で、日米でどちらが政治に不信感が強いかなんて無関係だろう」

「おっしゃるとおりです。赤ワインにしましょうか。イタリア・ワインで、それこそお口に合わないかもしれませんが」

友部がテーブルの豆腐に箸をつけた。

「美味しいじゃないか」

「このイカの焼き物も美味しいですよ」

「この店、気に入ったよ」

「ワタミグループで、ナンバーワンの店なんです」

友部が話を蒸し返した。

「竹井がマーケットや経済に疎いことは、実証済みだよな。当時の大泉首相と一体で、自らの愚策に起因する株価下落時には『株価の一時的な上げ下げに一喜一憂するな』とうそぶき、りそう銀行への公的資金注入後の株価反転では『改革の効果が出ている』と間抜けなコメントをしてたな」

赤ワインのフルボトルとワイングラスがテーブルに並んだ。

中西がボトルをグラスに傾けた。

「こんな駄文に、これだけのスペースを割くN新聞の見識を疑いますよ。市場原理主義に与し、いまだに竹井離れできないN新聞の存在意義はあるんでしょうか。FRB前議長のグリーンスパンを神格化したことで、N新聞は取り返しのつかない汚点を残しましたね。グリーンスパンは自分の判断ミスで、米国発のクライシスを引き起こしたことを認めて、全世界に向けて謝罪するんじゃないでしょうか」

友部がワイングラスを上げた。

「中西のAIC退職を祝して乾杯!」

「乾杯!」

「このワインけっこういけるじゃないか。それにしても乾杯は変かなぁ」

「よろしいんじゃないですか。ただ、来年は大不況に見舞われると思うんです」

「サブプライムで日本の金融村の被害は欧米に比べて軽微だった。このアドバンテージをマスメディアはもっとアピールすべきなんじゃないか。それと輸出頼りの産業構造を変革するチャンスともいえる。大泉―竹井のいかさま構造改革とは異なる、真の構造改革の好機と前向きにとらえるのがよいと思うんだ。外国人のファンドに牛耳られている東京マーケットを、日本人が取り戻す手がかりが得られるかもしれない。とにかくジタバタしないで、じっくり考えようや。天の配剤、見えざる神の手が、われわれに時間を与えてくれたと思えば気が楽じゃないか」

中西がきれいな笑顔を見せて、ふたたびグラスをぶつけてきた。

参考文献
『連鎖破綻』香住 究 ダイヤモンド社
『内部告発者』滝沢隆一郎 角川文庫
『生保再建』千代田生命更生管財人団 東洋経済新報社
その他、新聞、雑誌等々

本作品はフィクションであり、実在の人物、
団体などとはいっさい関係ありません

高杉 良（たかすぎ・りょう）

作家。1939年東京生まれ。化学業界専門紙の記者、編集長を経て、1975年『虚構の城』でデビュー。以後、綿密な取材に裏打ちされたリアリティに富む経済小説を次々に発表。企業組織の不条理と戦うミドルの姿を描いた作品は、日本中のビジネスマンより絶大な支持を得ている。
主な作品に『小説・日本興業銀行』『濁流』『金融腐蝕列島』『混沌 新・金融腐蝕列島』『乱気流』『挑戦　巨大外資』『消失 金融腐蝕列島 完結編』等がある。

反乱《はんらん》する管理職《かんりしょく》

第一刷発行　二〇〇九年一月二十六日

著者　高杉《たかすぎ》　良《りょう》
発行者　中沢義彦
発行所　株式会社　講談社
東京都文京区音羽二－一二－二一　〒一一二－八〇〇一
電話　出版部　〇三－五三九五－三五〇五
販売部　〇三－五三九五－三六二二
業務部　〇三－五三九五－三六一五

印刷所　大日本印刷株式会社

製本所　島田製本株式会社

定価はカバーに表示してあります。

 N.D.C.913 303p 20cm
Printed in Japan　ISBN978-4-06-215208-2